韓国
古典文学の
愉しみ 上

春香伝　沈清伝

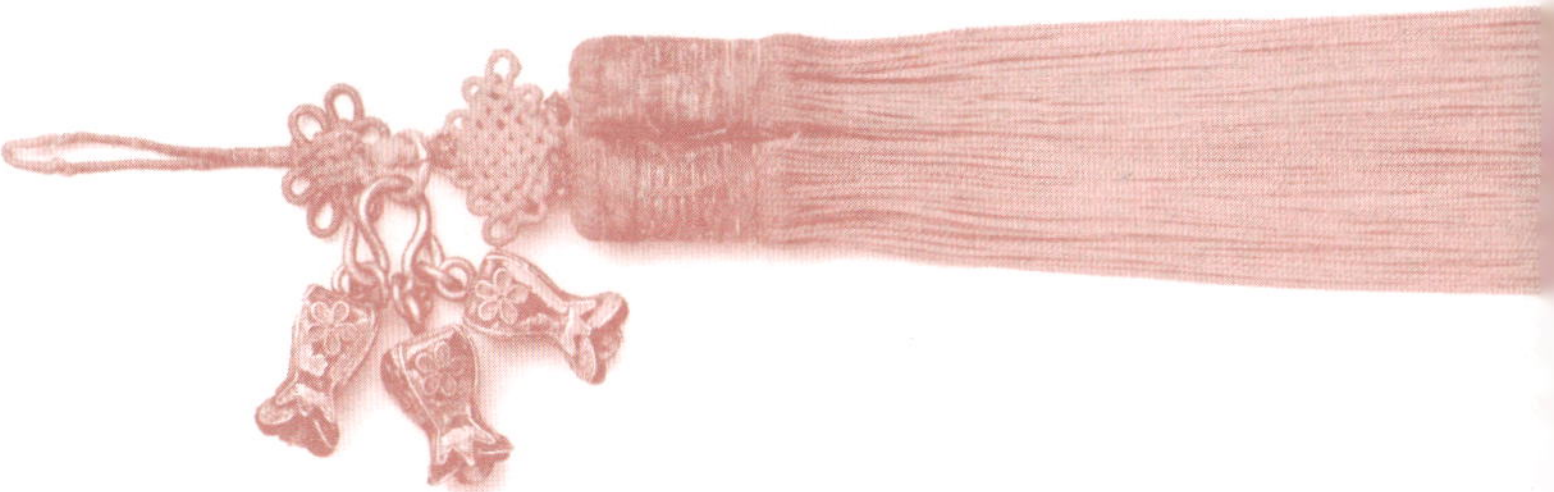

仲村修［編］　オリニ翻訳会［訳］

白水社

韓国古典文学の愉しみ　上

目次

春香伝　7

一　春の香りが広寒楼に流れる　9
二　仙女なのか鬼神なのか　13
三　春も深く、愛も深く　21
四　真夏の愛の歌　28
五　寂しい秋の夜　34
六　春香、命令にしたがえ　46
七　吹きすさぶ嵐　53
八　海は干上がり、大山は崩れる　59
九　血染めの便り　66
一〇　消えさる夢　74
一一　牢格子ごしの愛しい人　81
一二　暗行御史様、お成り　87

沈清伝　101

一　盲の父のもとに生まれた娘　103
二　母をなくした沈清　111
三　乳も飯も恵んでもらう　121
四　三百石の寄進米　128
五　父と別れる　137
六　印塘水の海　147
七　沈清、龍宮に行く　158
八　王妃になった沈清　171
九　ペンドギ　179
一〇　都に上る沈奉事　189
一一　盲の宴　199
解説　207

春香伝

現代語訳　鄭智我《チョンジア》

一　春の香りが広寒楼に流れる

朝鮮時代、粛宗王《スクチョン》の御世《みよ》に全羅道《チョルラド》の南原《ナモン》の地に月梅《ウォルメ》という妓生《キーセン》〔芸妓〕がいた。美しい妓生として名をはせた月梅は、つとに妓生としてのつとめを退き、成《ソン》という両班《ヤンバン》〔貴族〕の妾《めかけ》になった。もうこれ以上の望みはなかったが、ただ、子をなさぬということだけが月梅の憂《うれ》いであった。四十を過ぎても月梅は子宝に恵まれなかった。

ある日、夢のなかで桃花《とうか》と梨花《りか》を両手に持ち天から降りてきた天女が、月梅に桃花を手渡して言った。

「この桃花を大事に育てて梨花に接げば良いことがおころう。わらわは梨花を渡すところがあるので行きます」

胎夢を見てから十月《とつき》が過ぎて、かわいい女の子が生まれた。桃花は春の香りなので春香《チュニャン》と名づけられた。女の子ではあったが、ありとあらゆる寺社に願《がん》をかけ、真心をつくして願ったすえに玉のような子を授かった月梅の歓びは、とうてい口では言い表せなかった。だが、両班の妾になったとはいえ、妓生の身から生まれた子なので、春香もまた妓生の身分であった。

しかし月梅《ウォルメ》は春香《チュニャン》を両班《ヤンバン》のお嬢様のように大切に品よく育てた。七歳から詩文を手ほどきしたが、近在の人たちが舌を巻くほどの才能を示した。針仕事をさせても、絵を描かせてもどれをとっても人に後れをとることはなかった。顔立ちは春の花のように美しく、心根《こころね》もまたその容姿にまけず美しかった。世間の娘のように外出《そと》を控えたのだが、春香の美しさは春の香りのように南原《ナモン》の町に広く知れわたった。

＊　＊　＊

春香が十六歳になった年に、李《イ》という府使《プサ》が新たに赴任してきた。府使には子息が一人いた。父親について南原で暮らすようになった李トリョン〔トリョンは未婚の男子の尊称〕は歳が十六で顔は玉のように端麗で、その振る舞いはゆったりと落ち着いており、心は海のように広く、詩文の才能もまたかなう者がいなかった。

家に閉じこもり学問に精をだしていた李トリョンは、ある日窓を広々と開け放した。陽光が澄みわたった春の日、天地四方にまぶしい光が燦然《さんぜん》ときらめいていた。心が浮き立った李トリョンは房子《パンジャ》〔地方の役所で使いをする役人〕を呼んだ。

「この町の景色はどうであろう。春の盛りに詩を詠みたい気持ちがおのずとわいてきた。眺《なが》めのよいところをあげてくれ」

「学問をなさっている若様が、景色なんぞ眺めてどうなさいますので」

「愚《おろ》かなことをいう。よい詩を書くには、よい景色を愛《め》でなければならん。美しい景色で詩にならぬものはないのだ。李太白《りたいはく》〔中国唐の詩人。李白〕は采石江《さいせきこう》で詩を詠み、蘇東坡《そとうば》〔中国北宋の詩人〕は秋の夜の名月を赤壁賦《せきへきふ》で詠んだではないか」

「そうおっしゃるのなら南原《ナモン》の景色をあげてみましょう。東門を出れば、こぢんまりした森がありますが道に沿っており、いささか騒がしゅうございます。西門を出れば立派なお墓がありますが、昔の英雄たちの厳《おごそ》かな威風に満ちており遊ぶ場所ではございません。北門を出れば金芙蓉という絶壁が高くそびえておりますが、険《けわ》しくて登れません。南門を出れば広寒楼《クァンハルル》がございます。楼閣の壮麗さと、景色の美しさはこの辺に鳴りひびいております」

「それならば広寒楼がよいようだな。そこへ参ろう」

白玉のように端麗な李トリョンは長い髪をきれいに三つ編にしてその先を紗《さ》の布で結び、紫の刺繍をした刺し縫いのチョゴリ〔上着〕と刺し縫いのパジ〔ズボン〕に空色の道袍《トポ》〔男子が上着の上に羽織る礼服〕を羽織り、緑色の刺繍《ししゅう》をほどこした帯を小粋に巻いて、ひらりと驢馬《ろば》の背にまたがった。広寒楼に近づくと薄緑色の柳が垂れかかり、驢馬の背に花吹雪が舞い落ちた。

驢馬は竜のようにふわりふわりと空を舞い広寒楼に着いた。驢馬を石につなぎ李トリョンと房子《パンジャ》は楼閣に登った。赤や白の春の花のうえを鸚鵡《おうむ》や孔雀《くじゃく》が飛びまわり、柳が春の風にゆらゆらと揺れ、川辺の花はにこやかに笑いさざめき、見渡すかぎり春の気配に満ちていた。

「あそこに、雲のうえにかすんで見えるのが智異山《チリ》でございます。神仙が降り立って遊ぶところでございます」

房子《パンジャ》は広寒楼《クアンハルル》に初めて来た李《イ》トリョンに、こんどは南の方を指差した。

「あの山を越えたところが求礼《クレ》の地でございまして、華渓寺《ファゲ》、燕谷寺《ヨンゴク》など由緒あるお寺があちこちにございます」

「本当に景色がよいな。人の住む所とは思えぬ。わたしの背中に羽が生えて天に舞い上がったようだ」

はるか遠くに春の陽気に誘い出された女が一人、紅いつつじの一枝を手折り髪に挿し、空色のチョゴリの袖を半ば捲《まく》り上げて、澄んだ水に手足をひたしていたが、やおら小石をつかみ、ゆらゆらと揺れる柳の枝にとまっている高麗鶯《こうらいうぐいす》をからかった。そのそばで白衣の農夫が花を口にくわえ、ゆらりゆらりと舞っていた。金色《こんじき》の高麗鶯が木から木へと飛びかい、広寒楼はまるで夢のなかの天国のようだった。

李トリョンは手を後ろに組んでそぞろ歩きながら、春の景色が揺らぐほどの深い溜息をついた。

「広寒楼はすばらしいのだが、さてさて、わたしの妻となる人はいったいどこにいるのだろう」

二　仙女なのか鬼神なのか

李トリョンは細目を開けて向かい側の花盛りの林をしばし眺めた。時は五月の端午の節句、大きな木につり下げられたぶらんこが、空高くはね上がり、また下がるのが花木のあいだに見え隠れしていた。李《イ》トリョンは魂を奪われたように、青々とした木々のあいだに揺れるぶらんこを眺めていたが、驚いたように房子《パンジャ》に訊いた。

「あれを見ろ。あれはなんだ」

何を見たのか李トリョンの両の頬は赤くほてり、心の臓がどきんどきんとどんなに激しく弾んだことか、房子に聞こえるほどだった。

房子は李トリョンが指差したところをちらっと見た。

「何のことでございますか。わたしには何も見えませんが」

もどかしい李トリョンは扇でぶらんこを指しながら言った。

「この扇の先をよく見ろ」

「柳の木につながれた驢馬《ろば》のことでございますか」

「これ、目も両班《ヤンバン》と常民《サンミン》とでは違うのか。常民の目は両班の魚《うお》の目にも及ばんのか。そのすぐよこを見ろ」

「柳の木でございますか」

「こいつ、目を洗ってよく見ろ。向こうの花盛りの林にちらちら見えるのは仙女《せんにょ》なのか鬼神《キシン》なのか」

房子《パンジャ》は仕える者としてこれ以上知らないふりもできず申し上げた。

「仙女でも鬼神でもございません。妓生《キーセン》を退いた月梅《ウォルメ》の娘で春香《チュニャン》という者でございます」

「妓生であった者の娘なら呼びつけてもかまわんだろう。すぐに行って呼んで参れ」

房子は困った様子でためらっていたが、

「手前ではうまく言いくるめて呼んでこられません」

「どうして呼んでこられんのだ」

「月梅が妓生を退き成参判《ソンチャムパン》〔参判は官職名〕の妾になって久しく、齢《よわい》四十を過ぎて、智異山《チリ》にあるお寺というお寺に沐浴斎戒《もくよくさいかい》して百日のあいだ祈ったすえに授かったのが、あの春香でございます。春香は際立った美人のうえに持って生まれた才知がこのうえないということでございます。詩であれば詩、料理であれば料理、すべての才能を兼ね備えておりますうえに「烈女伝《れつじょでん》」を日夜学び、その品行は貴い両班の娘にも負けません。男なぞ見向きもしないということでございます。府使《プサ》様のお呼びでも来るか来ないか分からないのに、トリョン様のお呼びで軽々しく駆けつけてくるわけがありません」

「才知も豊かなうえに品行も正しいとはまことに稀《まれ》なことだな。聞くほどに会いたくなった。早く呼んで参れ」

しかたなく房子《パンジャ》はぶつぶつと不平を言いながら春香《チュニャン》を呼びに出向いた。

春香はちょうど地面に降りたって休んでいた。雲のような両の耳のしたから玉のような汗が流れおちた。春香は香丹《ヒャンダン》が差し出したさっぱりした蜜柑茶を飲もうとしていたところだった。

「これこれ、春香や」

春香はびっくりした。ふり返えってみると房子だった。

「ちょっと用がある」

「何用でしょうか」

「府使様のご子息様が広寒楼《クァンハルル》へ来られて、おまえの遊ぶ姿を見て、呼んでこいとのことだ」

春香は房子に腹を立てた。

「都から来られたトリョン様がどうしてわたしをご存知なの、おまえがあれこれと申し上げたのですね。たとえお呼びになったとしても参りません。わたしのことをどう言ったか知らないけど、呼ばれたらすぐに行くとでも思って厚かましくやってきたのですか。つまらないことを言っていないで帰りなさい」

春香《チュニャン》が一言で退けると、意地になった房子《パンジャ》は言いがかりをつけた。

「噂によると春香は閨中《けいちゅう》〔女性が寝起きする部屋〕に引きこもり学問ばかりしているとか、学問なぞ何のためじゃ。おまえのようなあでやかな生娘《きむすめ》が髪につやつやと油をつけ、顔にはおしろいを塗り、青いチョゴリに赤いチマ〔スカート〕、ぶらんこに乗って燕のように体を浮かせ、蝶のように羽を広げて空を舞い、赤いチマがひらひらすれば、どんな男だとて惑わされずにいられようか。だから無駄口たたかずにいっしょにくるのじゃ」

「おまえの言うこともっともだけど、今日は五月の端午の節句、ぶらんこに乗った娘がわたし一人なのですか。よその家の娘たちもいっしょにぶらんこで遊んだのよ。聞かなかったことにするからもう行きなさい。わたしは参りません」

「両班《ヤンバン》がお呼びなのに、どうしても来ないというのか」

「おまえのトリョン様だけが両班で、わたしは両班ではないというの」

「おまえは両班ではあるが、妓生《キーセン》の子だから半分の両班じゃで。さあ急いで来るのじゃ」

「参りません。どうして両班のトリョン様が学問をしないで神仙のように遊んでいるの。神仙のように遊ぶのならもっと品よくしなくては。よその家の娘にむかって、来いだの行けだのなんてもってのほかです。それにちゃんとした家の娘が男の誘いについて行けるわけがありません」

春香《チュニャン》は海棠《かいどう》の花の陰に入ってしまった。しかたなく一人でとぼとぼと帰ってきた房子《パンジャ》は、ありのままをトリョン様に申し上げた。

「見上げた心がけだな。一つ一つの言葉はもっともだが、わしは春香を軽くみて会おうと言ったのではない。もう一度話をしてきてくれ」

房子が仰せのとおり林に行ったものの、春香はすでに家に帰ったあとだった。

「もう帰って、おりませんでした」

房子がもどってきて申し上げた。

「春香《チュニャン》を呼んでこいと言ったであろう、だれが追い払えと言った。では春香の家に行ってみろ」

＊　＊　＊

月梅《ウォルメ》と向かい合わせに座り昼ご飯を食べていた春香は、だしぬけに現れた房子《パンジャ》を見て横目でにらみつけた。

「おまえ、また来たの」

「李夢竜《イモンニョン》様がもう一度呼んでこいとおっしゃるのだ。妓生《キーセン》としてではなく詩文に優れているので招くのだと。良家の子女を招くのは礼儀にはずれることではあるが、あやまちととがめずに来てくれとおっしゃっている」

そこまで言われると春香の心もすこし動き、行ってみようかという気になった。だが、母親がどう考えているのか分からず答えられなかった。月梅は何かを深く考えている様子だったが、やがて膝をたたいて言った。

「夢というものは皆がみな意味のないものではないのだね。昨夜、思いがけなく青竜の夢を見て何か良いことがあるのかと思っていたが、府使《プサ》様のご子息の名が夢竜だとは。しかも夢の字に竜の字だなんて本当に不思議なほど夢とぴったり合うね。いずれにしても、両班《ヤンバン》のお呼びなのに行かないわけにはいくまい。ちょっと行っておいで」

春香《チュニャン》はしかたがないというふりをして立ち上がり、よく日の当たる春の庭の雌鳥《めんどり》のように、歩く姿もあでやかに広寒楼《クァンハルル》へと向かった。

欄干《らんかん》にもたれていた李トリョンの目には、春香の姿はこの世の人ではないように見えた。青い川のうえを飛ぶ一羽の鶴が冬の月に照らされているかのようであり、星のようでもあり玉のようでもあった。ゆっくりと楼閣《ろうかく》にのぼった春香は、恥じらってすこし離れて立った。

春香がすこし顔をあげ、そっと李トリョンをうかがい見ると、この世に二人とない貴公子だった。額が広く、若くして成功するのはまちがいなく、国の忠臣となる相《そう》であった。満足した春香は恥ずかしそうに下を向いた。

「そなた、姓はなんという、歳はいくつだ」

「姓は成《ソン》という家の者で、歳は十六でございます」

「ほほう、嬉しいことだ。わたしの歳も十六、天が定めた縁《えにし》のようだな。ご両親は生きておいでか」

「母しかおりません」

「兄弟は何人かな」

「兄弟はなく、わたし一人です」

「大事な独《ひと》り娘なのだな。天のお導きで二人が出会えたのだから、これから幸せに生きていこう」

そこで初めて春香《チュニャン》は顔をあげて李トリョンをまっすぐに見つめ、玉をころがすような声ではっきりと答えた。

「忠臣《ちゅうしん》は二君《にくん》に仕えず、烈女《れつじょ》〔信念を貫く立派な女性〕は二夫《にふ》にまみえずと申します。トリョン様は貴公子で、わたしは身分の低い妓生《キーセン》の娘です。後日わたしを捨てられるのならば、このわたしの真心をどうなさるおつもりですか。だから二度とそんなことはおっしゃらないでください」

「わたしがいつそなたを捨てるというのだ。百年の契りを結びわが妻とするのだ。そなたの家はどこだ」

「房子《パンジャ》にお聞きください」

春香はつんと澄まして目をそらした。李トリョンは軽く笑って房子に聞いた。

「春香の家はどこだ」

「あの向こうの、木が茂っていて、木の枝ごとにきれいな鳥が止まっている家でございます」

「青い松と竹がうっそうと茂っているところを見ると、やはり烈女が生まれる家だな」

春香は赤くほてった顔をそむけた。

「人が何というか分かりませんので、もう行きます」

「そうしなさい。よい心がけだ。今夜そなたの家を訪ねて行こう。きっと待っていてくれよ」

「わたし知りません」

「そなたが知らなくてどうする。さあ行きなさい。夜にまた会おう」

三　春も深く、愛も深く

李《イ》トリョンは春香《チュニャン》を帰したあと、恋しさを胸にいだいたまま家に帰り書物を開いた。だが、学問もなにも手につかず、ただただ春香を思うばかりだった。春香のきれいな声が耳にひびき、美しい姿が目にちらつき、李トリョンはひたすら日が暮れるのを待った。

「房子《パンジャ》よ、日はすこし傾いたか」

房子はそわそわと尻の落ち着かない李トリョンをこらしめようととぼけた。

「いいえいえ、今ちょうど、東の方から日が昇ってきたところでございます」

「えい、けしからんやつめ。西に沈む日がまた東にいくものか。もう一度見てみろ」

「日は西に沈み黄昏《たそがれ》が迫り、あちらに白い月が顔を出そうとしております」

「夜にはまだ間があるな」

李トリョンは溜息をつき書物を開いた。だが白い紙も黒い文字もみな春香の顔に見えた。

「会いたい、会いたい、春香の家に行きたい、行きたい。この書物は読めん。一文字一文字に春香の顔がちらちらするぞ」

李《イ》トリョンは『大学』〔孔子の教えを説いた本〕を取り出して開いた。

「大学の教えは民百姓にあまねく及び……春香《チュニャン》にも及ぶのだな。これも読めない」

つぎは『孟子』〔孟子の教えを説いた本〕を開いた。

「王が遠くから訪ねて来られたとは……春香を見に来られたのか。これもまただめだ」

李トリョンは書物を投げ捨てて大声を張り上げた。

「会いたい、会いたい、春香に会いたい。房子《パンジャ》よ」

「痛い鍼《はり》でも打たれましたか。いきなりの大声とはどういうわけです。声に罪はないのに」

ちょうどそのとき役人たちの退庁を命ずる声が長くひびいた。李トリョンは喜んで、ぱっと立ち上がり叫んだ。

「房子よ。灯りをもて」

青紗灯籠《チョンサとうろう》に灯をともし房子に持たせて先に立たせ、李トリョンは春香の家に向かった。鐘楼をすぎ南門のそとに出ると夕べの鳥たちが楽しそうにさえずり、険しい峰へと流れていく雲が月光とたわむれ、花のあいだを青い柳がゆったりと春の風にゆれていた。

春香の家に着くと、夜はとっぷりと更《ふ》け人の気配もなく、蓮池の金魚は李トリョンを見て喜ぶかのよう、月光のしたで鶴は楽しそうに恋しい相手を呼んだ。

房子は犬が吠えはせぬかと用心して、そろそろと春香の部屋に近づき、明かり窓のしたで声をひそめて呼びかけた。

「これ、春香《チュニャン》や。寝ているのか」

寝床でよこになっていた春香は驚いて、すばやく起き上がった。

「こんな遅くに何しに来たのです」

「トリョン様のお出ましだ」

春香は胸がどきどきして顔がほんのりと赤くなった。戸を開けて部屋を出て、板間《マル》を越えて向かいの部屋に行き母を起こした。春香はとっさに、

「トリョンが房子様をお連れして来られたの」

と言ったが、すぐに首を大きくよこにふって言い直した。

「いえ、房子《パンジャ》がトリョン様をお連れして来られたの」

それを聞いて、月梅《ウォルメ》は部屋の戸をぱっと開いて、房子に問いかけた。

「だれが来たというのです」

「府使《プサ》様のご子息、李トリョン様が来られたのだ」

「春香や、おまえはすぐに裏の草堂《チョダン》〔草ぶき屋根の離れ屋〕に行って灯りをつけて待っていなさい」

月梅があわてて部屋を出てきたのを見ると、人はだいたい母方に似るというが、春香は母親に生き写しだった。月梅の歳は五十をすぎているが端正な姿は今もなお美しかった。月梅は恥じらうように品よく足をはこび、房子の後についた。

「トリョン様、ようこそお越しくださいました」

李《イ》トリョンはにっこり笑って月梅を迎えた。

「春香《チュニャン》の母御《ははご》とな、達者でお暮らしか」

「はい。なんとか暮らしております」

月梅《ウォルメ》は大門、中門と通り屋敷の奥深くにある草堂《チョダン》に李トリョンを案内した。蓮池の鶴が人を見て驚き、翼を広げて羽ばたき、長い足でゆったりと歩き、キーキーと鳴き、桂の木のしたでむく犬がワンワンと吠えた。

李トリョンが草堂に着くと、ようやく春香が戸を開けて姿を現した。春香は恥じらいを含んで、うつむいたまま地面に降り立った。その姿は夢のなかの天女のように美しかった。

李トリョンは月梅の案内をうけて草堂に上がった。茶膳をあいだにして向かい合って座った李トリョンと春香はぎこちなく、きまり悪そうに視線をそらしてばかりいた。部屋を見にきたわけでもないのに、李トリョンは冷や汗をかきながらきょろきょろと部屋のなかばかり見まわした。若い男女が蜜で唇がくっついて話せなくなったかのように口をつぐんでいるので、目ざとい月梅が進み出た。

「貴いトリョン様が、こんなむさ苦しいところをお訪ねくださり、恐れ多いことでございます」

待っていたように李トリョンが口を開いた。

「なにが恐れ多いのだ。たまたま広寒楼《クァンハルル》で春香をしばし見て、わたしの心が動いたのだ。そなたの娘の春香と百年の契りを結ぼうと思うのだが、そなたの考えはどうであろう」

「お言葉はもったいないのですが、お聞き下さい。成参判《ソンチャムパン》様が南原《ナモン》においでのとき側仕《そばづか》えをしろと、仰せに背くわけにもいかずお仕えして三年たち春香を得たのでございます。乳離れしたらこの子を引き取るとの成参判様の仰せでしたが、不幸なことにそのままこの世を去ってしまわれました。父親もいない妓生《キーセン》の娘だと世間から蔑みを受けるのではないかと、あれをわざわざ両班《ヤンバン》家の貴いお嬢様よりもしとやかに育てたのです。七歳から詩文を読ませましたが、やはり両班の血筋なのか、なにごともよく理解し、身持ちもきちんとしておりますのに、だれが妓生《キーセン》の娘だなどと言えましょう。トリョン様は一時の血気で春香《チュニャン》としばし楽しみたいご様子ですが、心にもない言葉はおやめください」

「そなたはわたしを信じられないというのか。婚礼はあげられないとはいえ両班の子弟、二言《にごん》はない。わたしがいつ春香としばし楽しみたいと言った。百年の契《ちぎ》りを結び一生をともにしようと言ったではないか」

「話をお聞きください。この娘のことはわたしが一番よく知っております。これは幼いころより思い込みの強さは半端ではないのでございます。いったん、一人の夫に仕えると決心すれば、金銀財宝を山のように積まれても心を変えようとはいたしません。それをトリョン様がご両親に内緒で深い契りを結び、あとで捨てられては、大切な娘の一生はどうなりましょう。ですから、もうその話はなさらずに、今夜はお話でもしてお帰りください」

「そのような心配はせずともよい。わたしは春香《チュニャン》をしばし見ただけだが、高い志操《しそう》をもっていることはよく分かるし、娘を心配するそなたの気持ちもよく分かる。だが男子の気概はそんなに軽いものなのか。わたしの心も春香《チュニャン》の志操に負けぬゆえ、心配などせずに承知してはくれまいか」

月梅《ウォルメ》は昨夜の夢を思い出した。夢で見た青竜はこのトリョン様に違いないと思った。だとすれば春香《チュニャン》とこのトリョン様との因縁は人の力では断つことのできない運命なのではないか、月梅はしばし考えにひたった。

月梅が何も言わないので、李トリョンが言った。

「父母の許しがないゆえ婚礼はあげられぬが、四柱単子《サジュタンジャ》〔結婚が決まると新郎の生年月日などを書いたものを新婦の家に送る〕を兼ねて、わたしの誓書《せいしょ》を記しておこう」

李トリョンは墨をすり、急いで書きしるした。

天と地、月と星を証人として、わたし李《イ》夢竜《モンニョン》は南原《ナモン》の絶世美人の春香と百年の契《ちぎ》りを結べり

月梅はしかたなくうなずいた。

「将軍がいるから駿馬がおり、春香がいるからトリョン様がいるようですね。二人はどうあっても天が下された因縁のようです。この場で李トリョンを婿として認めましょう」

手際よい月梅は、ぴちぴちはねる鯔《ぼら》の蒸し物、ぱたぱたと飛ぶ鶉《うずら》の鍋に生栗、松の実、胡桃《くるみ》、棗《なつめ》、石榴《ざくろ》を添え、水蛸《みずたこ》、鮑《あわび》を白磁の皿に盛り、香丹《ヒャンダン》に急いで買いに走らせた酒をのせ膳をととのえた。

「夜中なのでたいしたものはできません。いたらないのはお許しいただき、お酒でもたくさんお召し上がりください」

「許すとは何を許すのです。わたしの思いどおりにできることなら、今すぐにでも婚礼の式を挙げるのだがそうもならぬ。百年の契りを結んだとはいえ、相すまないし口惜しいことだ。だから春香《チュニャン》や、二人でこの酒を契りの酒と思って飲もう」

李《イ》トリョンは春香と自分の杯に酒を満たした。

「これは合歓酒《ハプハンジュ》〔結婚式で新郎、新婦が飲み交わす酒〕なのだ。大事な人と出会った因縁、千年万年変わらぬ因縁、息子、娘、孫たちをひざに乗せてともに老いる因縁、そして同日同時に向かい合って死ぬ、この世で最高のわたしたちの因縁のために飲もう」

李トリョンは杯を飲みほしたあと月梅《ウォルメ》にもすすめた。

「ありがとう、お義母《かあ》さん。お義母さんがいるから春香がいるのです。どんなにありがたいことか」

李トリョンの杯を受けた月梅の目に涙が宿った。

「娘が百年の契りを結ぶ日に悲しむわけなどないのですが、これを育てるとき女手一つで寂しく育て、今日という日を迎えますに、成参判《ソンチャムパン》様を思いますと、おのずと涙がこぼれます」

「過ぎたことをどうしようというのか、なにごとも忘れてこの酒を飲まれよ」

満月が夜空にぽっかりと浮かび、花の香りがたちこめるこの世をあまねく照らし、月の光を静かに宿した林から鸚鵡《おうむ》、鶯《うぐいす》が仲良くさえずり、春香《チュニャン》と李トリョンの婚礼を祝っているようだった。夜も深く春も深く、二人の愛も深まりゆく春の夜だった。

四　真夏の愛の歌

夜が明けさえすれば李トリョンは春香《チュニャン》の家を訪ねた。恥ずかしがり顔を赤らめてばかりいた春香も、時がたつとにっこりと笑って見せ、けっこう話もするようになった。何日もたたずに、二人は片時も離れられない仲になった。五月の端午がすぎて日ごとに陽射しが強くなり、新緑が日に日に濃くなるように、二人の愛も日ごとに深まっていった。二人の戯れる姿はどれほど睦まじかったか、見ている人の顔にもひとりでに笑みが広がるほどだった。ある日にこにこと笑みを浮かべたまま春香を見ていた李トリョンが、込み上げる愛を抑えきれずに歌をうたった。これを愛歌《サランガ》といった。

愛《いと》しい愛しい、愛しい人よ
オファドゥンドゥン　愛しい人よ
オファドゥンドゥン　わたしの愛よ
これ春香、あちらへ歩け、うしろ姿を見よう
こちらへ歩け、まえ姿を見よう

にっこり笑いゆっくり歩け、歩く姿を見よう
おまえとわたしの出会った愛、へだてのない夫婦の愛
牡丹《ぼたん》の花のように広がった美しい愛
延坪《ヨンピョン》の海の網のように、絡み合い結ばれた愛
青い川の鴛鴦《おしどり》のように、二人で仲良く浮かぶ愛
おまえが全てなのだよ
オファドゥンドゥン　愛しい人よ

李トリョンは興《きょう》に乗って歌をつづけた。

オファドゥンドゥン　愛しい人よ
おまえが死ねば、わたしは生きられず
わたしが死ねば、おまえも生きられぬ
オファドゥンドゥン　愛しい人よ
二人がもしも死んだなら、来世の契《ちぎ》りたがえずに
わたしが死ねば何になり、おまえが死ねば何になる
おまえが死ねば泉になり、

天上の銀河、地上の大海みな捨てて
七年日照りに涸れぬ小さな泉になり
わたしは死んで鳥になり、
斑鳩《いかる》、鶯《うぐいす》、鸚鵡《おうむ》、孔雀《くじやく》みな捨てて
鴛鴦《おしどり》という鳥になり
緑水《りよくすい》に白鷺《しらさぎ》のように浮かんでみたなれば
わたしだと分かるだろう。
愛しい愛しい、愛しい人よ

「わたしそんなものになりません」
「では、こうすればいい」

おまえは死んで花になり
桃花《とうか》、黄菊、白菊みな捨てて牡丹《ぼたん》の花になり
わたしは死んで蝶になり
二月三月春風に　おまえの花にわたしが止まり
風に吹かれて花と蝶、ともにゆらゆら揺れたなら

わたしだと分かるだろう。
オファドゥンドゥン　愛しい人よ
「いやです。それにもなりません」
「では、こうすればいい」

おまえは死んで鐘になり
慶州《キョンジュ》、全州《チョンジュ》の鐘でなく、都の鍾路《チョンノ》の鐘になれ。
わたしが死ねば撞木《しゅもく》になり
ほかの人には鐘の音だが
二人の心には春香《チュニャン》ゴーン、トリョン様ゴーンと出会おうぞ。
愛しい愛しい、愛しい人よ

「冗談はもうやめてください」

春香はにっこり笑った。すると李トリョンは広い背中を春香に向けた。

「春香《チュニャン》や、さあ負ぶさりなさい」

春香の顔が真っ赤にほてった。

「春香《チュニャン》や、なにがそんなに恥ずかしいのだ。夫の背に負ぶわれるのだ。おまえがあまりにも可愛くて一度負ぶってみたいのだよ」

春香は勝てないふりをして李トリョンの背に負ぶさった。

「わたしに負ぶわれてどうだ」

「よろしゅうございます」

「わたしもいいぞ。こんなにきれいなおまえはきっと黄金《こがね》であろう」

「黄金だなんて、とんでもありません」

「それなら、宝玉《ほうぎょく》なのか」

「宝玉だなんて、とんでもありません」

「それならおまえはなんだ。海棠《かいどう》の花なのか」

「海棠の花だなんて、とんでもありません。明沙十里《ミョンサシムニ》〔海棠の花で有名な海岸〕でもないのに海棠の花になれましょうか」

「それではおまえは何なのだ。わたしを惑わす狐であろう。おまえの母がおまえを生んで、きれいにきれいに育て上げ、わたしを惑わそうとしたのであろう。愛しい愛しい、わたしの愛しい人よ。春香や、わたしがおまえを負ぶったから、今度はおまえがわたしを負ぶってくれ」

「まあ、トリョン様は力が強いのでわたしを負ぶえますが、わたしは力がないので負ぶえません」

「負ぶえないって。わたしの足を床につけて負ぶったふりをすればいいのだ」

李トリョンは春香《チュニャン》を後ろからぐっと抱きしめ、半ば負ぶわれたまま部屋のなかをあちこち歩きまわった。部屋のなかは一日中春香と李トリョンの笑い声が絶えなかった。

時は矢のごとく駆けてゆき、いつの間にか、つれない夕陽が西の山の端にかかった。山影があたりをおおっても、二人は握り合った手を離さなかった。

「若様。こうしていてお父上に見つかりでもしたらどうなさいますので。今日という日ばかりが日ではありません、明日もございます。早くお帰りください」

気が気でない房子《パンジャ》が何度もうながすと、やっと李トリョンも春香の手を離した。

昼はあまりにも早くすぎたが、夜はあまりにも長かった。春香の顔が目のまえにちらついて寝るに寝られず、李トリョンはこっちへごろり、あっちへごろり長い夜をまんじりともせず夜明けを待った。永遠のような夜がすぎ、東の空が明るくなると李トリョンの顔にも明るさがもどった。李トリョンの心はすでに広寒楼《クアンハルル》を通りすぎ春香の家へと走っていた。

五　寂しい秋の夜

熱い太陽が天地四方をあまねく照りつけ、野には稲穂が黄色く稔っていき、春香《チュニャン》の家の庭では青桐が夏の陽にたえかねて黄色くなっていた。やがて、日ごとに陽の光がおとろえ、朝夕の風がひやりと涼しくなった。

ある日、李《イ》トリョンが屋敷に帰ろうとすると、何を思ったのか春香がとつぜん言った。

「トリョン様、わたしたちが結んだ百年の契りをどうか忘れないでください」

李トリョンは不安に震える春香の手をぐっと握った。

「何を言うのだ。おまえをこんなに愛しているのに忘れるだなどと……、そんなつまらない心配でかわいい顔をしかめないでくれ」

李トリョンが屋敷に帰りつくと、房子《パンジャ》がすぐさま駆けより李トリョンの道袍《トポ》の裾をつかまえた。

「トリョン様、府使様《プサ》がお呼びです」

李トリョンは府使の部屋へ行った。

「どこに行っておった」

「広寒楼《クアンハルル》に行っておりました」

「何ゆえ広寒楼に行っておった」

「よい詩が浮かびましたので、景色を見に行っておりました」

「そうでなくてもおまえのことで良からぬ噂が広まっておる。家中に祝い事があるのも知らずに、どこをほっつき歩いておった」

「祝い事とは何でしょうか」

「同副《トンブ》承旨《スンジ》〔承政院の工芸、建築などを担当した部署の長〕に任命するので漢陽《ハニャン》に上れとの王様のご命令だ。わしはすぐに出立《しゅったつ》する。おまえは母上の供をして明日出立するのだ」

李《イ》トリョンは目のまえが真っ暗になった。父上が出世されるのはなによりも嬉しいことだが、春香《チュニャン》と別れなければならないと考えただけで、胸がしめつけられ体中の力が抜けた。心が溶けるように両目から熱い涙がどっとあふれ顔を濡らした。

「なぜ泣くのだ。南原《ナモン》で一生住むつもりでおったのか。名残惜しいなどと思わずに、一刻も早く荷物をまとめよ。明朝には出立せねばならんぞ」

李トリョンは母のもとへ走った。父にはとうてい話を切り出せず、春香とのことは言えなかったが、母にはすがりついてみるつもりだった。

「母上、どうか助けてください。春香といっしょに都に上らせてください」

泣きながら頼んだが、噂を聞き知っていた母はむしろ息子をたしなめた。

「両班《ヤンバン》の子息がどうやって妓生《キーセン》の娘と結婚できるというのです。それでなくても良くない噂が広まっているので、一度おまえを呼んで厳しく叱らねばならぬところでした。ちょうどよい、都に上ればすべて解決されよう。明日わたしといっしょに出立《しゅったつ》するのです」

「母上、たとえ妓生の娘であってもわたしの口から結婚の約束をしました。どうかいっしょに都に上らせてください」

「お黙りなさい。正式な嫁もまだもらってないのに妓生の妾を入れようとは。おまえは家門の名誉に泥を塗るつもりなの。二度とこの話は持ち出してはなりません。万一おまえが親に逆らうのなら族譜《チョクポ》〔家系図〕から消して縁を切りますよ」

＊　＊　＊

李《イ》トリョンはとぼとぼと春香《チュニャン》の家に向かった。あたりは陽の光に満ちあふれているのに、李トリョンの心だけは夜の闇のように暗かった。

——置いていくか、連れていくか。置いていくなんてできないし、かといって連れていくこともできない。胸が張り裂けそうだ。泣けばいいのか、笑えばいいのか。春香を連れていくには父上のご意向が厳しく望みはなく、置いていけば、あの心、あの志操《しそう》では自ら命を絶つのは分かりきっている。

ああ、どうすればいいのか。

両班《ヤンバン》の体面として道端で泣くわけにもいかなかった。李《イ》トリョンは溜息ばかりつきながら、とぼとぼと歩いた。春香《チュニャン》の家のまえまで来ると、たまらず堰《せき》が切れたようにわっと泣き出した。春香がびっくりして飛び出してきた。

「どうしたのです。お家で叱られたのですか。来る途中で何かくやしい目にでも会ったのですか。都から知らせがあってだれかお亡くなりになったの。いつも落ち着いているトリョン様がどうしたというのです」

春香は李トリョンを抱きしめて袖で涙をふいてやりながら、

「泣かないで、泣かないで。そんなにつらそうに泣かれると、わたしも泣きたくなります」

と慰めた。

慰めてくれる人がいると、もっと泣きたくなるのが人の常で、李トリョンはいっそう辛そうにすすり泣いた。

「トリョン様、どうかもう泣かないでわけを言ってくださいい。いったいどうしたのです」

李トリョンはしゃくりあげながら合間あいまに言葉をつないだ。

「父上が同副承旨《トンブスンジ》になられたのだ」

「まあ、それはおめでたいことですわ、それでなぜ泣かれるのです」

「この地を離れることになったので、それが悲しいのだ」

「南原《ナモン》で一生住むつもりだったのですか」

「おまえを置いていかねばならないのが悲しいのだ」

「わたしがどうしていっしょに行くことを望みましょうか。トリョン様がまず都に上られれば、わたしはここで売るものを売って後から追いかけていきます。心配なさらないで。わたしが都に行ってもトリョン様のお屋敷に入って暮らすわけにはまいりません。お屋敷の近くに小さな家でもいただければ十分ですので、用意してくださいませ。トリョン様がわたしだけを思ってくだされても、正夫人を迎えなければならないお立場です。たとえ宰相の家柄のお嬢様と結婚されたとしても、わたしを決して忘れないでください」

春香《チュニャン》の目から清らかな涙がぽとぽとと落ちると、李トリョンの心は火がついたように熱く燃え上がった。春香の言ったことに間違いないのがよけいに辛かった。春香をどんなに愛していても、いつかは家門の名誉のために良家の娘と結婚しなければならず、そうなれば春香はどれほど心を痛めるかは分かりきったことだった。そうするのがいいのだと、まえもって許してしまう春香の思いの深さを思うと、李トリョンは涙が止まらなかった。

「春香や、おまえの言うとおりにすることができれば何の問題があろうか。おまえをそばに置いておくことさえできれば漢陽《ハニャン》でなく流刑地でも行くだろう」

「何がいけないのです。正夫人になるのを望んでいるわけでもなく、ただおそばでそっと暮らすのもかなわないのですか」

「そうなのだ。父上には申し上げることができなかったが、母上には申し上げた。だが正夫人ももらわぬうちに妾を置くのなら、族譜《チョクボ》から消して親子の縁を切ると言われたのだ」

それを聞いた春香《チュニャン》は顔が赤くなったり青くなったり、眉をつり上げいきなり立ち上がった拍子にチマの裾を踏み、裾がびりっと裂けた。

「わたしに何とおっしゃいました。ともに白髪になるまで仲睦《なかむつ》まじく暮らそうとおっしゃったのは男子の誓いではなかったのですか。トリョン様は都に行き高貴な家柄と縁を結び、学問をして官職につかれ高貴な奥様と仲むつまじく暮らされるとき、わたしのような者のことなど思い出しもしないのでしょう。生きるもいっしょ、死ぬもいっしょといわれたあのお言葉、すべて嘘だったのですね。だめです。連れていかないのなら殺して、生きろというのなら連れていってください。わたしを残しては行かせません」

泣き叫ぶ春香を見る李《イ》トリョンの心も、春香のチマの裾のように張り裂けそうだった。

「泣くでない、泣くでない。行ったらもうもどってはこれないが、もどってこれないにしても忘れるものか。しばらくがまんして待ってくれ。なんとしてでもおまえといっしょに暮らす方法を必ず見つけてみせるから」

暖かい部屋でよこになっていた月梅《ウォルメ》は向かいの部屋からもれてくる泣き声を聞いて微笑んだ。

「またあの子たち、ふざけてるんだね」

ところが、ふざけているにしては泣き声があまりにも長かった。何事かとそっと盗み聞きした月梅《ウォルメ》はぺたりと坐り込み、悲痛な叫びをあげた。

「アイゴ、アイゴ、みなの衆聞いておくれ。今日でこの母娘は死んだんだよ」

月梅は二つの部屋のあいだの板間《マル》を一気に越え、春香《チュニャン》の部屋に飛び込んで春香の胸をこぶしで叩きながら言った。

「生きていてもしかたがないよ。おまえの亡骸《なきがら》でもこの両班《ヤンバン》が背負っていけるように、今すぐに死んでおしまい。この両班が都に上ったら、おまえのことなんか心配してくれるわけがない。両班なんか何の役にも立たないよ。身分の同じ者を娶《めと》って一生楽に暮らそうっていうんだから。両班がなんだっていうんだい。百年の契りを結んだと誓書まで書いておいて、その約束を破れた草履《ぞうり》のように投げ捨てるのが両班さ」

月梅は李トリョンに詰めより問いただした。

「春香《チュニャン》を捨てて行かれるとは、どんな過ちをしたというのでしょうか。春香がトリョン様にお仕えして一年近くなりますが、不始末がありましたか。ご無礼をいたしましたか。君子は七去の悪がなければ離縁はできないはず。どういうわけで春香を捨てると言われるのですか」

「これ、姑殿《しゅうとめ》、いつわたしが春香を捨てると言いましたか」

「連れていくとおっしゃるのですか。では、どうやって連れていくのですか」

「考えてみたのだ。母上の輿《こし》のまえにご先祖の位牌を乗せた輿が先を行くのだが、その位牌をわたしの懐にいれてその代わりに春香を乗せるのはどうであろう」

それを聞いて春香は李トリョンをまじまじと見つめた。泉のようにあふれていた涙もしだいにおさまってきた。

「お母様、トリョン様を責めないでください。両班《ヤンバン》の体面がおありなので、どれほどもどかしくてこんなことまで言われましょうか。わたしたち母娘の運命がトリョン様にかかっているのですから、よろしくとおねがいしてください。このたびはお別れするしかすべがないようです。どうせお別れするのならトリョン様を困らせてはいけません。お母様は部屋にもどってください」

＊　＊　＊

母をもどらせたあと、身じろぎもせずに坐っていた春香《チュニャン》の目から再び大粒の涙がぽとぽとと落ちた。

「わたしを残して千里の道を行かれるトリョン様のお気持ちはいかばかりでしょう。長い旅の途中で病気にでもなられるのではないかと心配です。わたしのことは考えないで心安らかにお立ちください。トリョン様は都に行かれれば、わたしのことなどすぐにお忘れになるでしょう。これもわたしの運命です。死ねばいいのか、生きればいいのか。この身をどうすればいいのか」

悲しそうに泣く春香を見つめる李《イ》トリョンの目にも涙があふれた。李トリョンは春香をぐっと抱きしめて言った。

「千里離れたこの地におまえを残していくが、漢陽《ハニャン》の広い都に絶世の美女がいくらいようと、どうしておまえを忘れようか。泣くな、泣くな。行かねばならんのだ。しばしの別れだ」

「お顔をよく見せてください。今度いつ会えることやら、トリョン様、お顔をよく見せてください」

春香《チュニャン》と李《イ》トリョンはお互いの顔をじっと見つめ合って、涙ながらに別れを惜しんだ。

そのとき房子《パンジャ》が息せき切って飛び込んできた。

「トリョン様、早くお帰りください、奥方様が探しておられます。出立《しゅったつ》の用意もせずにどこに行ったのかとひどくご立腹でございます」

李トリョンは房子が引いてきた馬に飛び乗った。馬ははやって蹄《ひづめ》を蹴るが、春香は李トリョンのパジにすがりつき、

「いまお別れしたら今度いつ会えますか。行かないで、行かないで。わたしを置いて行かないで」

叫んだあと気を失ってしまった。いくら急いでいたにしても、気を失った春香をそのままにして行くわけにはいかなかった。

春香が我に返ると、李トリョンは春香の両手を固く握りしめながら言った。

「春香や、どうしたというのだ。わたしに二度と会わないつもりなのか。別れてもまた会う日がくるのだから、泣かないで元気でいるのだ。きっと壮元及第《チャンウオン》〔科挙に首席合格すること〕して、おまえを迎えにくるから泣かないで元気でいるのだ」

李トリョンはふところから鏡を取り出して春香に与えた。

「男子の公明な心は鏡にうつる光と同じだ。千年万年が過ぎようとも変わることがあろうか。この

鏡のようにそなたを想い、科挙に壮元《チャンウォン》及第して再び訪ねてこようぞ」

鏡を受け取った春香《チュニャン》は、指にはめていた指輪をはずし李トリョンに渡した。

「トリョン様、漢陽《ハニャン》に行かれる道すがら、木が青ければ遠く離れたわたしを思い、小糠雨《こぬかあめ》のふる時は避けられ、日が暮れれば早く宿に入り、朝はゆっくりと出立《しゅったつ》され、どうか、どうか用心して行かれますように。都に行かれたらたびたび便りをくださいませ」

春香の涙が襟をぬらした。月梅《ウォルメ》と香丹《ヒャンダン》も背を向けチマの裾で顔をおおって泣いていると、府役所にもどっていた房子《パンジャ》が息せき切って走ってきた。

「大変でございます。どうして別れがこんなにしつこいのです。行ってらっしゃいませ、達者で暮らせ、一言いえばすむものを、どうしてそんなに骨が溶けるほど長いのです。奥方様の行列はもう鰲水《オス》駅まで行かれましたぞ」

李トリョンはびっくりして馬に飛び乗った。

「妻よ、姑《しゅうとめ》殿、行かねばなりません。嘆かずに達者で暮らされよ」

李トリョンは春香をいじらしそうに見つめた。

「春香、おまえ、泣かずに姑殿をお世話して達者でおれよ」

それ以上言葉が続かず、李トリョンは、

「香丹、そなたも達者でな」

と言ったあと、黙って春香を見つめつづけた。房子がぱっと駆けより馬に鞭をくれると、馬はぴょんと跳びあがり一目散に駆け出した。馬はすぐに道を一曲がり二曲がりしてはるかに遠ざかっていった。

六　春香、命令にしたがえ

愛しい李《イ》トリョンを都に送り、春香《チュニャン》が涙ながらの月日を送っているとき、卞学徒《ピョンハクト》という名の府使《プサ》が南原《ナモン》へ新たに赴任してきた。この府使は金遣いの荒い、酒を浴びるほど飲む豪の者で、酒と女と聞けば火薬を背負ってでも火中に跳び込むような男だった。

にぎにぎしい行列を率いて卞府使《ピョンブサ》が南原城内に入ると、楽の音が鳴りひびき城内を揺るがした。卞府使は民衆に威厳を見せようと目にぐっと力をこめた。だが、頭のなかは絶世の美女と名高い春香のことばかりだった。卞府使は漢陽の都にまで聞こえた春香の噂を聞いて、喜んで府使の職を引き受けたのだった。南原城内の人たちはみな家からどっと出てきて新任府使の入城を見物した。輿《こし》のうえで威厳をつくろっていた府使は、口元が緩んでくるのをぐっとがまんして、よこにいる従僕に聞いた。

「あそこで見ている女たちは妓生《キーセン》ではないか」

「ははっ、みな妓生にございます」

従僕はあきれてひそかに舌打ちした。従僕があざ笑っているのも知らずに府使《プサ》の口は水汲みの器ほど大きく開いてしまった。

――これでわしも妓生どもに取り囲まれて遊べるのう。

府役所に着くと、上から下まですべての役人たちからあいさつを受けた。すぐにでも妓生《キーセン》の点呼を始めたかった府使《プサ》がどれほど歯ぎしりして辛抱したか、前歯がみな抜け落ちるほどだった。あいさつが終わるやいなや府使はあわただしく叫んだ。

「妓生の点呼をいたせ」

戸房《ホバン》〔戸籍係〕が命《めい》を受けて妓生の点呼を始めた。

「雨のあと東の山に昇る明月《ミョンウォル》」

明月が絹のチマの裾をくるっと巻き上げ、しずしずと歩いてきて答えた。

「はい、明月にございます」

「明るい月が青い海に入ってできた明玉《ミョンオク》」

赤いチマの裾を細い腰にぴたりと巻き付け、しとやかに入ってきた明玉が答えた。

「はい、明玉にございます」

すると府使がかっと腹を立てた。

「妓生《キーセン》の点呼をそんなにゆっくりやっておっては何日かかるか分からんぞ。いらいらして聞いておれん。もっと早く呼べ」

しかたなく戸房《ホバン》の点呼の声が早くなった。

「飛燕《ピヨン》」

「はい、わたしです」

「梅香《メヒャン》」

「はい」

「月香《ウォルヒャン》」

「はい、おります」

府使《プサ》は香《ヒャン》と聞くたびに春香《チュニャン》かと思い、尻を持ち上げてそわそわした。だが、いくら待っても春香の名まえは呼ばれなかった。やがて点呼が終わった。

「これ戸房《ホバン》。春香が一番の美妓だと聞いたが、なぜ春香がおらんのだ」

「春香の母親は妓生ですが、春香は妓生ではございません」

「妓生の娘がなぜ妓生ではないのだ」

「妓生を退いた月梅《ウォルメ》が両班《ヤンバン》と縁を結び生まれた子でございます。そのうえに春香の人物と才能がとびぬけて優れており、まえの府使の子息の李《イ》トリョンが百年佳約《ペンニョンガヤク》、結婚の約束をいたしました」

「だから春香を連れて行ったので、おらんのか」

「連れて行ったのではございません。ですが科挙に及第すれば連れに来ると約束したそうでございます」

府使《プサ》は腹を立ててどなった。

「李トリョンかあのトリョンか知らんが、両班《ヤンバン》の子息であるからには、正夫人ももらわぬ身でどうして春香《チュニャン》を連れて行けるというのだ。妓生《キーセン》の娘なら春香もまた妓生なのだ。妓生の名簿に載せてさっさと連れてまいれ」

それを聞いて戸房《ホバン》はおろおろとどうしていいか分からなかったが、なんとか止めようとした。

「春香は妓生ではないばかりでなく、まえの府使の子息の李トリョンとの固い約束がありますのに、そのようにしてよろしいのでしょうか。万一、春香を呼びたてて、赴任したばかりの府使さまが民百姓からなんと言われるか心配でございます」

「春香を連れて来なければ、おまえたち全員に重い罰を与えるぞ。つべこべ言わずにさっさと連れて来い」

戸房は府使の厳しい命令を受け、春香の家へと走った。

春香は戸房が来るのも、捕卒《ほそつ》が来るのも知らないで、昼も夜も李トリョンのことばかり思って涙にくれていた。もの悲しい泣き声は聞く人の心を揺り動かした。食事も喉を通らず、居ても立ってもトリョン様のことばかり思い、すっかりやせ細った春香を見て、涙を流さない者はいなかった。春香は気力が尽き、泣くこともままならなかった。

——風も雲も流れて来るが、何ゆえに愛しい人は来ず、何ゆえにわたしは行けないのか。行ってみようか、行ってみようか、愛しい人のもとに行ってみようか。千里でも行ってみようか、万里でも行ってみようか。雨雲も休みやすみ越え、鳥も休みやすみ越える険しい峰でも、愛しい人がわたしを求めるかぎり、沓《くつ》を脱いで手に持って、わたしは休まずに越えるでしょう。漢陽《ハニャン》にいるわが夫よ、わたしを思ってくれていますか。つれなくも心変わりしてわたしを忘れ、ほかの人を愛しているのでしょうか。

このように悲しそうに泣いているとき、春香《チユニヤン》の家のまえに着いてそれを聞いた戸房《ホバン》や捕卒《ほそつ》たちは、捕らえようという気持ちが氷が溶けるようにすっと消えて涙ぐんだ。

「これほど哀れなことがあるか。李《イ》トリョンがこんな春香を捨てるなら、人ではないぞ」

騒がしい人声に春香が驚いてそとを見ると、捕卒たちがどっと押し寄せていた。春香はさっと立ち上がって門を開けた。

「このたび都に行って来られましたか。もしや、まえの府使様《プサ》のお屋敷を訪ねてトリョン様の手紙を預かってはいらっしゃいませんか」

「まえの府使のお屋敷がどこにあるかなんてどうして分かる。新任の府使が一刻も早く南原《ナモン》に下ろうとやたらむずがるので都見物もできなかったのだ。すまないことをした」

春香は大きな溜息をつき、捕卒たちに悲しそうに微笑んだ。

「いずれ便りが届きましょう。せっかくのお越しです、しばし休んでいってください」

春香は捕卒たちを座敷に座らせ、香丹《ヒヤンダン》に酒肴を用意させた。

「この南原府の先行きが思いやられる。新任の府使が赴任するやいなや妓生《キーセン》の点呼から始めるとは、はっきりと先が見えておるな」

酒が何杯か入ると、捕卒たちは新任の府使の悪口をまくしたてた。

「そうだとも、そのうえ貞節を守る春香《チュニャン》を召し連れて来いと命じるなんて、恥ずかしくないのか」

「なんですって。それでは、わたしを連れに来たのですか」

「そうなのだ。新任の府使《プサ》がおまえを妓生《キーセン》の名簿に載せて早く連れてこいというのだ」

そうでなくてもろくろく眠れず、食事も喉を通らず、やせ細った春香の顔が真っ青になった。

「府使様のお呼びとあれば行かないわけにはいかないでしょうね。でも、わたしは妓生なの。妓生でもないのに呼ばれたからと行けましょうか。病気で行けないと言ってください」

「わかった。府使様がおまえに側仕えをさせたくて矢の催促だが、わしらがそんなことぐらいうまく言いつくろえないとでも思うのか。心配せんでもよいぞ」

ほろ酔いかげんの捕卒たちがさっそうと府役所に帰ると、春香が来ると思い、居ても立ってもいられずそとをうかがっていた府使がすぐさま駆けより声を張り上げた。

「なぜ、おまえたちだけもどってきたのだ」

「春香は漢陽《ハニャン》に行ったまえの府使様の子息を思うあまり病気になり床に臥《ふ》せっております」

「寝ていようがどうしようが起こして連れて来ればよいのだ」

「具合が悪くて、とても行けないとねんごろに頼みますゆえ、いたしかたなく帰ってまいりました」

「おまえたちはわしの命令を上の空で聞いておったのだな。すぐさま引き返して、ただちに春香を連れて来ればよし。さもなければ、おまえたちをひっ捕らえて牢に入れるぞ」

それを聞いて捕卒たちは血の気が引いた。

「春香《チユニヤン》がいくら可哀想でも、春香の貞節がいくら立派でも、わしらの命より大切とはいえん。仕方がない、もう一度行こう」

七　吹きすさぶ嵐

春香《チュニャン》はみすぼらしい服を着て、髪を鬼神《キシン》のようにふり乱し、顔には煤《すす》をぬって捕卒《ほそつ》のあとについていった。

「春香を召し連れてまいりました」

煤をぬった春香の顔をじっとのぞきこんだ卞府使《ピョンブサ》の口がにんまりと耳まで広がった。

「おまえがわしを欺《あざむ》こうとぼろを身にまとい、おしろいの代わりに煤《すす》で化粧をしたようだが、生まれついたものは隠しようがないと見える。まことに天下の美人であるな。噂の通りだ。こちらへ上がれ」

春香は拒むこともできず板間《マル》に上がり、片隅に身をすくめて座った。

雨に濡れた花びらの風情でかしこまって座った春香を見つめ、また見つめ、府使は笑いを抑えられなかった。

卞府使は春香に申し付けた。

「今すぐに煤《すす》をきれいに落とし、側仕《そばづか》えの支度《したく》をしろ」

「府使《プサ》さまのじきじきのご命令ではございますが、仕える夫がございますので、ご命令どおりにはできません」

「ほほう、そなたは真の烈女《れつじょ》であるな。貞節を守る心がけ、見事である。もっともな言い分だ。だが、李夢竜《イモンニョン》は都の高官の子息として名門貴族の婿《むこ》になったぞ。しばしの火遊びで楽しんだだけのそなたを思い出すとでも言うのかな。一人で貞節を守り、つやつやした顔にしわがより黒い髪が白くなれば、哀れなのはそなたでなくて誰なのだ。それを分かってくれる人もおるまい。金にもならぬ烈女なんぞやめて、わしの側に仕えたほうが身のためだぞ。そなたがわしに仕えれば、この郡邑《ぐんゆう》の財宝を全部そなたの手に握らせてやろう」

「わたしは人様の財宝など望んだことはございません。忠臣《ちゅうしん》は二君《にくん》に仕えず、烈女は二夫《にふ》にまみえないのが道理でございます。わたしは三綱《さんこう》〔儒教の基本となる三つの道理、王と臣下、親と子、夫婦の間で守るべき道〕の道理に従いますので、どのようにでもご処分ください」

そのとき、吏房《イバン》〔地方出身官吏の長〕がさっとしゃしゃり出て、春香《チュニャン》をどなりつけた。

「これ、こやつ、けしからん女じゃな。おまえのような妓生《キーセン》が貞節を守るとか、烈女だとか、とんでもないわ。去っていく府使は送り、新しい府使様に従うのが当然であろう。つまらぬことを言うな。おまえのような卑しい身分の者が烈女とは、通りがかりの犬も笑うぞ」

あきれはてた春香は顔をあげて吏房をまっすぐに見つめ言い放った。

「貞節を守るのに両班《ヤンバン》と常民《サンミン》の区別がありましょうか。よろしゅうございます。わたしが妓生《キーセン》だとしましょう。妓生《キーセン》には烈女《れつじょ》がいないと言われましたので、わたしが一つひとつ教えてさしあげましょう。耳をほじってしっかりとお聞きください。清州《チョンジュ》の妓生、花月《ファウォル》は三清閣《サムチョンガク》に烈女門《れつじょもん》を建てられ、晋州《チンジュ》の妓生、論介《ノンゲ》は朝鮮の忠臣として忠烈門にまつられ、平壌《ピョンヤン》の妓生、月仙《ウォルソン》も忠烈門《ちゅうれつもん》に入っております。まだまだございますよ。これ以上妓生を軽んじられませんように」

春香《チュニャン》は今度は府使《プサ》にむかって言った。

「府使様は両班ですので礼節をご存知でしょう。貞節を守る女に側仕えをせよと言われるのは三綱の道理にもとることでございます。女が夫を捨てほかの男に従いますのは、官吏が国を捨てるのと同じです。それでも処分なされたければ、どのようにでもご処分ください」

府使はそれを聞いて目のまえが真っ暗になり喉がかすれ、頭に巻いていた網巾《マンゴン》〔まげを結うとき頭に巻く網目の帯〕がぷつりと切れ、ぶるぶるとあごを震わせていたが、雷《かみなり》のような大声を張り上げた。

「者ども、この女をひっ捕らえろ」

使令《サリョン》たちがどっと飛びかかり、春香の髪をひっつかみ、仕置き台に縛りつけた。

「かまわぬ。容赦なく打て」

肩幅の広い大男の使令が両手に棍棒をぐっと握って振り上げた。だが、棍棒を振り下ろそうとした使令は、春香《チュニャン》の細い肩が猫のまえのねずみのようにぶるぶる震えているのを見て、

――府使《プサ》の命令だってなんだって、こりゃあ人間のすることじゃねえ。

ぶつぶつとつぶやきながら振り下ろすことができなかった。

「そのほう、最初の一打ちで足が折れるほどに打たねば、そのほうが死ぬと思え」

「春香《チュニャン》や、すまんのう。おまえでなければわしが死ぬことになるのだ。わしを恨むんじゃないぞ」

使令《サリョン》がぎゅっと目をつぶって棍棒を振り下ろした。どれほど強く打ったことか、棍棒がくだけて四方へ飛び散り、六月の夕立の雷のような音がした。

春香は激痛のあまり全身を振るわせながらも気力をふりしぼって言った。

「一人の夫に仕える気持は変わりませぬ、いくら打たれようとも」

「あの女、まだ自分の立場がわかっておらんな。もっと強く打て」

二度目の棒打ちをうけて春香が言った。

「二君《にくん》に仕えぬのが忠臣であり、二夫《にふ》にまみえぬのが烈女《れつじょ》です。二つ心はありませぬ」

春香が棒打ちの刑をうけているという話があっというまに郡邑《ぐんゆう》に広がると、老若男女を問わず大勢の人が府役所に押し寄せた。春香が棒打ちをうけるたびに、あちこちでささやきあう声がした。

「むごいのう、むごいのう。今度の府使《プサ》はむごいのう。貞節を守る春香を棒打ちするとはなんてことだ。棒打ちしている奴もよく見ておかんとのう。あいつがそとに出たらその日が命日だ」

三度目の棒打ちをうけながら春香《チュニャン》が叫んだ。

「三人に従えと学びました。幼にして父に、嫁して夫に、老いては子に従えと、夫に従うのがどんな罪なのですか」

四度目の棒をうけ、皮膚が裂けて血が流れたが、春香はすこしも恐れずに言った。

「四つに体が引き裂かれても、トリョン様を忘れることはできません」

五度目の棒をうけると、

「五頭の馬に乗ってこられた府使《プサ》様、どうか三綱《さんこう》に従いなさいませ」

六度目の棒をうけ、

「六回死んでも、わたしの夫はトリョン様」

七度目をうけ、

「七たび生き返ってもトリョン様に従います。貞節を守るのが罪なら早く殺して」

棒で打たれるたびに卞府使《ピョンプサ》をにらみつけるだけで、春香は心を変えようとはしなかった。府役所の庭に集まった群衆はひそひそとささやきあい、卞府使は尻をあちこちに動かし、居ても立ってもいられなかった。

「なんとしぶとい女だ。側仕えをするといえば、すぐに棒打ちを止めてやるのに、あんな可愛い顔をしてどうしてあんなにしぶといのだ」

卞府使は棒打ちをする使令《サリョン》を横目でにらみ、人知れず毒づいた。

「あいつもひどい奴だ。あのか弱い春香をどうしてあんなにひどく叩くのだ」

だが、自分が命じたことなので、止めろとも言えず、痛くないように打てとも言えなかった、いらだった府使は糞をしたくなった子犬のようにうなるばかりであった。

三十回の棒打ちを受けたあと、春香の体から噴き出るのは赤い血、流れるのは涙であった。血と涙が合わさって川のように流れた。

「いっそ殺してください。殺してくだされば、死んでわたしは鳥になり、トリョン様の夢のなかで会いましょう」

そう叫ぶと春香《チュニャン》は気を失った。棒打ちをした使令《サリョン》も涙をこぼし、背を向けてつぶやいた。

「人の子なら、してはならないことだ」

まわりで見ていた人たちも涙をぬぐいながらつぶやいた。

「春香の打たれる姿、人の子として見ておられん。むごいのう、むごいのう。春香の貞節むごいのう」

冷たい水を浴びせられて春香は我に返った。ぶるぶる体を震わせながら意識を取りもどした春香のありさまは、髪はざんばら、体は血まみれ、とても目を開けては見られなかった。府使も顔をそむけて舌を鳴らした。

「わしの言うことを聞かずに打たれた気分はどうだ。まだ強情を張るのか。ここまですれば十分に烈女《れつじょ》となった。李《イ》トリョンかあのトリョンか知らんが、おまえを漢陽《ハニャン》に連れて行くこともできん奴だ。もう十分に貞節は守った。わしの言うことを聞くであろうな」

「学ぶだけ学んだ両班《ヤンバン》がどうして分からないのですか。側仕えをせよと言うのなら、いますぐわたしを殺してください」

「ほほう、強情な女だ。ものども、こやつに首枷《くびかせ》をかけて牢に放り込め」

八　海は干上がり、大山は崩れる

春香《チュニャン》が大きな首枷《くびかせ》をかけられ牢に引ったてられているとき、月梅《ウォルメ》が白髪を振り乱し、あわてふためいて駆けつけてきた。月梅は半死半生の春香の頭を抱きしめて泣き叫んだ。

「今度の府使《プサ》は何しに来たんだい。民百姓をいたわろうなんてこれっぽっちも考えないで、まともに生きている者を殺しに来たんだね。大事な大事なわたしの娘、何の罪でこれほど打たれたのか。アイゴー、わたしの大事な娘、血だらけになってしまって。名門貴族の娘に生まれていれば、こんな苦労をしなくてすんだのに、身分の低い妓生《キーセン》の娘に生まれたのが苦労の種だよ。春香や、しっかりおし」

月梅は地面をごろごろ転がりながら大声でわめいた。

「アイゴ、アイゴ、だれを恨んだらいいんだい。これはすべてわたしの過ちだよ。わたしがいくら欲目で見たとしても、鶏《にわとり》が鳳《おおとり》になり、妓生の娘が烈女《れつじょ》になんかなれるものか。府使の言いつけを聞いてさえいたら、こんな罰を受けることもなく、金銀財宝が自分のものになったというのに、なんでこんな苦労をするんだい。わたしも若いころ辛酸をなめたけど、力のある者に逆らうのは容易なことじゃないよ。わたしらのような民草は背中を暖かくして寝られて、お腹がふくれればいいんだよ」

「お母さん、何てことをおっしゃいます。お母さんまでそうなら、わたしはどうしたらいいの。お母さんが何と言おうと、府使《プサ》様が何と言おうと、わたしの夫は漢陽《ハニャン》にいるトリョン様ただ一人です。もう何も言わないで」

泣き叫んだ春香《チュニャン》は、また気を失ってしまった。

「アイゴ、春香や、しっかりおし。これ、香丹《ヒャンダン》や、そとに出て人を二人やとっておいで。都に使いにやるんだよ。娘が死にかけているのに、書房《ソバン》〔若い夫を指す〕だかなんだか、あの情け知らずの奴は何をしてるんだい」

都に使いを送ると聞いて、春香がぱっと目を開けた。

「お母さん、何を言われるのですか。トリョン様がお知りになっても、ご両親に気をつかって来られるわけもなく、気を揉まれるだけです。それで病気にでもなられたらどうします」

気力の尽き果てた春香は使令《サリョン》の背に負われ牢に向かった。香丹が重い首枷をささえ、月梅《ウォルメ》は一足ごとに涙を落としながら後についていくとき、南原《ナモン》の各地から集まった年老いた寡婦《やもめ》たちがわっと駆け寄った。

「立派だったよ。本当に立派だったよ」

寡婦たちは涙を流し舌を鳴らして悔しがりながら、春香を支えて牢のまえまで来た。

こわれた竹格子の窓から冷たい風が吹きこみ、壁はくずれ、古びたござには虱《しらみ》や蚤《のみ》がわいていた。

牢番が春香《チュニャン》を牢に押しこみ錠をかけると、月梅《ウォルメ》は気を失い、香丹《ヒャンダン》は地面を叩いて泣き叫び、ついてきた寡婦《やもめ》たちもみな夏の田の蛙《かわず》のように泣いた。

しばらくの間、魂が抜けたように黙って座っていた春香が、月梅を呼んだ。

「お母さん、罪もないのにまさか死にましょうか。死なずに生きるつもりですから心配しないで帰って。そんなに泣かれたらこのうえない親不孝をしているようで、気が気ではありません。かえってわたしが死にそうです」

「おまえが今、わたしの心配をしている場合かい。この子ったら」

大事な娘を牢に残し、天も地もわからなくなってこけつ転《まろ》びつ帰る月梅を、寡婦たちが支え家に向かった。

月梅が帰ったあとで、春香は悲しそうにすすり泣いた。

「可哀想なお母さん。大切に大切にわたしを育て上げたのに、一つもいい目を見ないで辛いことばかりなんて、こんな親不孝なことはないわ。府使《プサ》の側仕えをするぐらいなら、目をぎゅっとつむって死ねばいいけど。お母さんのことを思えば死ぬこともできない」

春香はひとしきり涙を流したあと、香丹《ヒャンダン》を呼んだ。

「香丹や、わたしのことは心配しないで家に帰ってお母さんのお世話をしてあげて。泣かれたら慰めてあげ、重湯を炊いて食べるようにすすめて、人参を濃く煎じてさしあげなさい。死なずに生き抜いて、おまえにも恩返しをするからね。頼んだよ」

香丹《ヒャンダン》が涙も鼻水もいっしょくたに流しながら帰ったあと、独りとり残された春香《チュニャン》はぼんやりと牢のなかを見わたした。まえの牢格子は桟が抜け落ち、うしろの壁はくずれ、真冬の冷たい風が吹き込んでいた。

——こんな仕打ちをうけるなんて、わたしがどんな罪を犯したというの。人を殺したの、人を騙《だま》したの、何をしたというの。思い出すのは悲しいことばかり、落ちるのは涙ばかり、出るのは溜息ばかり、溜息が風になってあなたの眠りを妨げては……。わたしの夫よ、川がさえぎり来られないの、山が高くて来られないの。生きて待つより死んで忘れようか。死んで杜鵑《ほととぎす》になったなら、わたしの鳴き声を聞いてくださるだろうか。トリョン様に一度だけ会いたい。一目会って死ねるなら、今死んでも悔いはないのに。山の頂《いただき》を越えていく雲よ、わたしの悲しい涙を雨のように抱いていってトリョン様のいる窓のそとに降らせておくれ。

夜は更けて遠くの山は暗く、壊れた窓越しに悲しげな三日月の光がそっと差しこんだ。

——月よ、月よ、おまえには見えるの。トリョン様は今寝ているの、起きているの。見たとおりにわたしに教えておくれ。

だが、青白い三日月は雲をさけて移りゆくだけで何も答えなかった。じっと月を見つめていた春香は疲れ果てて寝入ってしまった。夢か現《うつつ》か、窓のそとで桃花が乱れ散り、鏡がくだけ、大山《たいざん》が崩れ落ち、海が干上がり、門のうえには案山子《かかし》がぶら下がっていた。びっくりして目覚めると夢だった。

いまわしい雨が降りそそぎ、目張り紙がぱたぱたと鳴り、窓ががたがたと揺れ、鬼神《キシン》の泣く声が聞こえた。棒で打たれて死んだ鬼神、首をつって死んだ鬼神が四方でもの悲しくすすり泣いた。牢のなかからも、軒先からも、床下からも、すすり泣く鬼神の声に春香はとうてい眠れなかった。

首枷《くびかせ》をつけて壁にもたれて座り、眠れずに長い夜を過ごしていると、軽い足音が聞こえてきた。盲《めしい》の辻占《つじうらな》いだった。

「占いいたしましょう」

「もし、そこの占いさん」

「どなたかな」

春香《チュニャン》の声を聞いて占い師が歩みを止めた。

「わたしです。春香です」

「側仕えをせよという府使《プサ》の命に逆らい、死ぬほど打たれて牢に入れられたという春香かい」

「そうです」

「わしに何の用かな」

「不吉な夢を見ましたので夢解きをしてくださいな」

道を歩いていた盲の占い師は、杖でさぐりながら小川を越えて春香の囚われている牢のまえに来た。

「それで、いったいどんな夢を見たのかな」

「鏡が割れ、桃の花が散り、門のうえに案山子《かかし》が見え、大山が崩れ、海が干上がりました。やはりわたしが死ぬという夢でしょうか」

それを聞いて占《うらな》い師はしばらく考えていたが、やがてぽんと膝を打って言った。

「その夢はとてもいいぞ。花が散って実がなるのだし、鏡が割れれば大きな音がするので人が見る、門のうえに案山子がつられれば万人が仰ぎ見るし、海が干上がれば竜が現れ、山が崩れれば平《たいら》になる。よいぞ。近いうちに、遠くのほうから良いことが訪れてきて、今までの恨みが晴れることになるだろう。今は見料《けんりょう》を千両やるといっても受け取らんが、あとで富貴栄華を極めたとき、わしにもよい目をさせてくれよ」

だが良い知らせはいっこうに来ないで、一日、二日、十日、半月といたずらに月日だけが流れていった。

鉄壁のように巡らされた塀のなかに人声は途絶え、こわれた壁のすきまから雨風が吹きつけ、蚤《のみ》や虱《しらみ》にかまれ、真夜中に梟《ふくろう》や木葉木菟《このはずく》がもの悲しく鳴きたて、春香《チュニャン》の気を滅入らせた。垢《あか》にまみれた服はすり切れ、髪は蓬《よもぎ》のように乱れ、洗うこともできない顔は日に日にやつれ、まるで鬼神《キシン》のようなありさまだった。雨風が吹き込む寂しい牢屋に独り座って、春香《チュニャン》が想うのは李トリョンのことばかりだった。

――会いたい、会いたい。トリョン様に会いたい。都に行かれたあと便り一つないのは、学問にいそしんでおられるからでしょうか、それともわたしを忘れたからでしょうか。雲になり風になり飛んでいって会いたい。夢のなかで会えればいいのだけど、すこしも眠れないのにどうして会えようか。

血で便りをしたためて事情をお知らせしようか。トリョン様に会えずにこのまま死んだらどうしよう。悲しすぎます。

九　血染めの便り

漢陽《ハニャン》に上った李《イ》トリョンは、春香《チュニャン》恋しさに胸が痛み、雲を見ても春香を想い、遠くの山を見ても春香を想い、とうてい忘れることができなかった。春香の家を行き来した道まで ありありと目に浮かんだ。夜になると李トリョンは夢のなかで春香と会った。だが目を開けると春香の姿は煙のように跡形もなく消え去っていた。夢のなかで春香に会おうと外出もしないで昼も夜も眠ろうとしていた李トリョンは、ある日にわかに布団をはたいて起き上がった。

——わたしが万一病気にでもなったらどうするのだ。両親には親不孝だし、春香にもすまない。春香にまた会おうと思うのなら学問に励まねばならぬ。科挙に及第して全羅道《チョルラド》の暗行御史《アメンオサ》〔王命により密かに地方を回り、地方官吏の不正を取り締まる役人〕になれば、すぐさま春香のもとへ行けるのだ。そうなれば父上も母上もまさか春香を追い払ったりはしないだろう。

その日から李トリョンはふつふつと湧き上がる恋しさを抑えに抑え学問に没頭した。

春香と別れて三年たったある日、国に慶事があり科挙を執り行うという公文が貼り出された。天下からわれこそはと思うソンビたちが試験場をぎっしりと埋めた。問題を見るとよく知っていることだった。李《イ》トリョンは墨をすり筆を取り、一気に書き上げ真っ先に答案を出した。李トリョンの文を読んだ試官たちは天下に二人といない逸材だと口をそろえた。

夜も昼もなく学問に没頭した李トリョンはついに壮元《チャンウォン》及第〔首席合格〕を果たし、頭に王様より賜《たまわ》った造花を挿し、青い道袍《トポ》をまとい王様のまえに進み出た。

王様は李トリョンに言葉をかけられた。

「王宮が人々とはかけ離れており、朕《ちん》は民百姓の苦労がわからぬ。民百姓がどのように暮らしておるのか逐一知ろうと、国中に御史《オサ》を送ってはおるのだが。そちの書いた文を読むと民百姓を思う気持ちがあふれている。まだ若くはあるが、全羅御史《チョルラオサ》を命じる。地方の官吏たちの不正を正し、親をよく敬う者、貞節を尽くす烈女《れつじょ》を探し出しあまねく褒美《ほうび》を与えよ」

夢にまで見た全羅御史に任命され、王様のまえから退く李トリョンの足取りは飛ぶように軽かった。家に帰り父母に旅立ちのあいさつをした李御史は、出立の準備にとりかかった。

みだりに身分を明かせない役目なので、絹の服のかわりに木綿の古びた服に木綿の紐をぎゅっと結び、切れかかった網巾《マンゴン》をぞんざいに頭に巻きつけ、骨だけになった扇子をぱっと拡げると、誰が見ても物乞《ものご》いの姿であった。御史は馬牌《マペ》〔御史の身分を証明する、馬の絵が彫ってある牌〕を服の下に隠し、愛しい春香《チュニャン》のいる南原《ナモン》にむかって歩みを急いだ。

南原が近くなると、御史の心に春香への懐かしさが春の日の陽炎《かげろう》のようにゆらゆらと立ち上った。杜鵑《ほととぎす》や木葉木菟《このはずく》があの山この山と飛び交い、朱鷺《とき》がこちらの山へ行きカーオ、あちらの山へ行きカーオ、山鳩がこちらの山に来てスッグク、あちらの山に行きスッグクと鳴いた。春香を見初めた日のように、あたり一面に木々が生い茂り、花が色とりどりに咲き乱れ、春香への想いをいっそう募らせた。

どれほど急いで歩いたことか、息が切れた御史《オサ》はあたりを見わたし、休めるところを探した。ちょうど一人の農夫が鋤《すき》を投げ出し、畦道《あぜみち》に座りこんで休んでいた。農夫は小さな煙草《たばこ》入れから刻み煙草を一つかみ取り出し、唾をぺっと吐きつけ手の平にのせ、両手をあわせてごしごしと揉んで、煙管《きせる》にぎゅっと詰めこみ、十本の指で煙管をぐっと握りしめ、両目をくぼませ、ほっぺたを思いっきりへこませて音が出るほど勢いよく吸い込んだ。

御史は通りすがりの旅人のふりをして、農夫のよこに座って話しかけた。

「牛二頭が犂《すき》で耕していますね。どちらの牛がよく働きますか」

「働かん牛なんか持っとったら腹が立つだけだよ、なんでそんなことを聞くんかね」

「それもそうですね。ここの府使《プサ》様はきちんと民を治めておいでですか」

「そんなこと聞いてどうするんだ。もうだめだな。府使が民百姓を治めるどころか、女に溺れて正気じゃないのさ、落ちぶれかけとるよ」

「女ですと」

「ほほう、こいつ何にも知らんらしいな……。あんた、えらく遠くから来たようだな。春香《チュニャン》のことも知らんとは」

御史《オサ》はどきっとした。

「ほほう、あんたもえらく話が遠回しだな。遠くから来ようが、近くから来ようが、話はすっきりと分かるようにするものですよ」

「ここの春香は漢陽《ハニャン》にまで聞こえた美人なんだが、先の府使《プサ》の息子と結婚の約束までしたんだそうな。それで貞節を守っている春香を、新任の卞府使《ピョンプサ》の側仕《そばづか》えの命令を拒んだと、寒い冬のあいだ、ずっと牢に閉じ込め棒打ちしたんだ。可哀想な春香がそのあいだに死んだのか、まだ生きとるのか……。ひどい奴は新任の府使だけじゃないぞ。まえの府使の息子のなんとか、李夢竜《イモンニョン》とかなんとか、そいつが都に行って足の棒が折れでもしたのか、とんと知らせがないんだと。春香はそいつのために死にかけているっちゅうに……。そいつがわしのまえに現れてみろ、畦道《あぜみち》に押さえつけておいて尻をたっぷりとぶっ叩いてやるんじゃが、どこに隠れているのか、出会えんのが残念だよ」

農夫は煙管《きせる》を石にトントンと打ち当てて灰を落としながら言った。

聞いてみると自分の話なので御史《オサ》は苦々しい思いだった。

「ほほう、ちょっと言い過ぎじゃないか」

すると農夫が細い目をぐっとつり上げていきなり食ってかかった。

「おっ、こいつ、あんた李《イ》トリョンの親戚か。あんな悪どい奴をどうしてかばうんじゃ」

「親戚ではないが同じ両班《ヤンバン》として聞くに忍びんのでな。とにかく、なんとかうまくいくだろうよ」

気がせいた御史が農夫と別れ、山すその道を曲がろうとすると、腰に胴巻きを巻きつけた少年が歌をうたいながら歩いてきた。

どうして行くのか、どうして行くのか。
千里かなたを漢陽《ハニャン》まで。
栄耀栄華も人の運、わたしにゃどうして運がない。
むごいものだよ、ひどいもの。
新任府使《プサ》はむごい奴。
烈女春香《れつじょチユニャン》見くびって、
無理やり側女《そばめ》にしようとて、
志操《しそう》の固さは松の木よ、
春香屈するわけもなし――

御史《オサ》はそれを聞くと、もどかしさと心の痛みに呆然として立ち止まり、少年がそばを通り過ぎるのを呼び止めた。

「これ、そこの子供」

少年は不満そうに口を一尺ほども尖らせて御史をにらみつけた。

「なんの用だい。見れば青二才の両班《ヤンバン》が一人前の男にむかって、そこの子供だなんて」

「わしが悪かった。そう怒らんでくれ。それはそうとおまえはどこに住んでいるんだ」

だが、少年はまだ腹が立っているのか、ふくれっ面でぶっきらぼうに答えた。

「どこに住んでいるかだって。自分の村に住んでいるさ」

「わしが悪かったと言っておる。もうすこし心を広く持てぬか。まったく男のくせに心が狭いな」

「南原《ナモン》の町ですよ」

「どこへ行くんだね」

「都へ。まえの府使《プサ》様のお屋敷に手紙を届けるんです」

「その手紙、ちょっと見せてはくれぬか」

「なんですって。そちらがいくら両班《ヤンバン》の旦那様だといっても、人のかみさんの手紙を勝手に見るわけにはいきませんよ」

「おまえの言うことはもっともだが、わしも何か手伝えるかもしれぬではないか。見たって減るものでもないし、ちょっと見せてくれ」

ようやく少年が、どうぞと言って、手紙を渡した。御史《オサ》が手紙の封を切って開いてみると、春香《チュニャン》の字に違いなかった。牢のなかなので墨を求めようもなく、指先を嚙み切って血でしたためた手紙だった。


白い梨花《りか》に夜の雨が降っているのを見ると、あなたへの想いで胸がいっぱいになります。

夢でも会いたいのですが、つれないあなたは夢にも現れてくれません。

わたしは新任の府使《プサ》様が側仕《そばづか》えをせよというのを拒んだために、いま牢に囚《とら》われています。いつ果てるとも知れぬこの命、まだ絶えてはおりませんが、みまかる日も遠くないようです。

願わくは、高貴な家の子女を娶《めと》られ、子息、息女の顔を見られ長生きされますように。生きて縁《えにし》を結べないからには、死んだのちに出会い、二度とふたたび別れることなく暮らしたく存じます。

わたしの噂を聞いて、心配のあまり科挙《かきょ》の勉強に障《さわ》りがでるのではないかと思い、いままで便りを差し上げなかったのですが、これ以上耐える気力もなく、最期のお別れをいたします。

どうか、どうか行く末までもお幸せに。

ところどころ血のしずくで黒くまだらになった手紙を握りしめ、御史《オサ》は地面に伏せて大声で泣いた。

「もしもし、涙で手紙が濡れるじゃないですか。人の手紙を見てどうしてそんなに泣くんです。もしか春香《チユニヤン》の親戚ですか」

「そうではないのだが、他人《ひと》様の手紙とはいえ、あまりにも悲しい事情を知って我知らず涙が出たのだ」

「両班《ヤンバン》様の人情はありがたいけど、手紙が破れます。さっさと返してください。その手紙一通で十五両もするのに、破れたら弁償してくれますか」

「よく聞きなさい、わしと李《イ》トリョンとは仲のいい友達なんだよ。明日、南原《ナモン》で会うことになっているんだ。だからわしについて来て、その両班に会いなさい」

「都がすぐそこだと言うんですか。三年も知らせがなかった李トリョンがどうして南原に来ると言うんです。嘘なんかつかないで手紙を返してください」

少年が手紙を取り返そうと御史《オサ》に飛びかかった。服にしがみついて揉《も》みあっていると、腰のあたりにちらっと馬牌《マペ》が見えた。びっくりした少年は後ずさりして尻もちをついた。

「そんなものをどうして持っているんです」

「おい、おまえ。もしこのことを人に漏らしたら、命にかかわると思え」

一〇　消えさる夢

南原《ナモン》に到着した御史《オサ》は真っ先に広寒楼《クァンハルル》を訪ねた。山も昔に見たままの山であり、川も昔に見たままの川であった。広寒楼に上りながめると、向こうの柳も、春香《チュニャン》がぶらんこに乗りゆらゆらと揺らして遊んでいた姿も、きのうのように懐かしかった。

西山に陽が傾き夕闇が濃くなるころ、御史は春香の家を訪ねていった。表門につづく部屋はくずれ、塗り壁ははげ落ち、むかし見た青桐は生い茂った草むらのなかに立って、みすぼらしく風に揺れていた。垣根のしたの鶴はうろついて犬に嚙まれたのか、羽が抜け脚を引きずっていた。むく犬も元気なく寝ていたが、李トリョンとは分からずワンワン吠えながら飛び出してきた。

「吠えるでない。主人のような客だぞ。おまえの主人はおらぬから、おまえが出迎えてくれるのか」

御史が人気のない中門を過ぎて内庭に入ると、月梅《ウォルメ》が台所で春香に持っていく重湯を炊こうと釜を火にかけて、

「アイゴー、アイゴー、李書房《イソバン》はひどい人。わたしの娘をすっかり忘れて便りの一つもない。この先どうすればいいのか」

とつぶやきながら内庭に出てきた。月梅《ウォルメ》は内庭の流れの水で白髪頭を洗ってきちんと結い上げ、澄んだ水を七星堂《チルソンダン》〔北斗七星を祭ったお堂〕に供え、灯明《とうみょう》を入れた。

「おねがいします。おねがいします。仏様、弥勒《みろく》様、七星様、ご先祖様、どうかおねがいします。都にいる李夢竜《イモンニョン》を全羅道の監司《カムサ》〔知事〕か暗行御史《アメンオサ》にならせて下さいませ。牢のなかで死にかけている春香《チュニャン》を助けてくださいますように。おねがいいたします」

祈りおえた月梅は地面にぺたりと座り込み、声を上げて悲しそうに泣いた。ひそかに見ていた御史はあまりのことに言葉もなく、溜息をついてそっと門のそとに立った。

「頼もう。頼もう」
三、四回大きく呼ぶと、月梅がやっと泣きやんで答えた。
「どなたかね」

月梅は涙やら鼻水やらをぬぐいながら門のまえに出てきた。

「わたしですよ」

「わたしだって、いったいだれなんだね」

「李書房《イソバン》ですよ」

月梅が薄暗い夕闇のなかで李トリョンをじろっとにらんだ。

「たしかに。李風憲《イプンホン》さんとこの息子の李書房《イソバン》だ」

「ほほう、もうろくされましたか。わたしが分かりませんか」

「あんたはだれだい」

「婿は百年の客〔親しくとも丁重に迎える客〕ともいいますよ。婿の顔を忘れましたか」

月梅《ウォルメ》は李《イ》トリョンの首をぐっと抱き寄せた。

「アイゴ、これはいったいだれだね。天から落ちてきたのかい。地から湧いてきたのかい。それとも風に飛ばされてきたのかい。むかしの顔、むかしの姿そのままかね、どれ見せておくれ。さあ、早く」

喜びながら手を握り部屋に座らせた。月梅は李トリョンの手を固く握り、無我夢中で見つめたが、老いて目も衰え、灯りも暗くよく見えなかった。月梅は押入れを開け油皿を四つ、五つ取り出し、いっぺんに灯をつけた。部屋のなかが真昼のように明るくなり、やっと婿がはっきり見えた。顔は変わらず美しかったが、着ている服はぼろぼろで窮状がありありと見て取れ、鼻水をずるっとすすり上げたので、月梅は目のまえが暗くなり胸がぎゅっと締めつけられた。

「これ、李書房《イソバン》、そのなりはどうしたんだい」

「科挙に落ち、家は没落し、なにやらかにやらでこうなりました。わたしの身の上がこんなざまですので、恋しさが募っても、まともな服もなく路銀もなく、とても来られそうもないと思いました。しかし、まあ、なんとかたどり着きました。これで春香《チュニャン》の顔を見られると思ったのに、弱り目に祟《たた》り目で春香までも死にそうだとは。わたしの運はどうしてこうなのか。情けなくて言葉もなく、恥ずかしくて会わせる顔もありません」

月梅《ウォルメ》はその場で我を忘れ、あちらにぴょん、こちらにぴょんと跳び上がり、あちらにごろごろ、こちらにごろごろと転がり、胸をどんどん叩き気が狂ったように騒いだ。

「死んでしまった。死んでしまった。春香もわたしも死んだんだよ。アイゴ、天も無情だよ、仏様もご先祖様もなんにもならないよ。わたしは無駄なことばかりしていたんだ」

月梅は自分の胸をどんどん叩き、ごろごろ転がり、もう駄目だとあたりかまわず頭を打ち当てた。

「姑 殿《しゅうとめ》、落ち着きなさい」

李トリョンは見るに忍びず月梅の腰をひっつかんでなだめた。

「放しておくれ、顔を見たくもないよ。乞食に落ちぶれてなにしに来たんだい。そのざまを見てあんまりひどいんで泥棒だと思って捕卒《ほそつ》が捕まえにくるよ」

「姑殿、そんなことは言わないでください。たとえ今は落ちぶれても、この先どうなるかは姑殿でも分からないことです。天が落ちてきても抜け出す穴があり、逃れる道があると言います。だから、泣かないで落ち着きなさい」

「そんなざまで御史《オサ》になれようか、監司《カムサ》になれようか。そのざまならのたれ死にぐらいはできるだろうよ」

「御史であれ監司であれ、その端くれにでもなれればどれほどいいか。ところで腹が減りました。とりあえず飯の一杯でも食わしてくれませんか」

「ことわざにも、憎たらしいやつほど偉そうに糞をするというが、厚かましくもご飯だなんて、ご飯はないよ」

春香《チュニャン》が死にかけているときに、飯の催促をする婿にあきれてしまい、月梅《ウォルメ》はくるっと背を向けて楔《くさび》のように尖った声で言い放った。

牢の春香のもとから帰ってきた香丹《ヒャンダン》が家に入ろうとすると、耳になじんだ声がした。どれほど嬉しかったか、胸がどきどき気もそぞろ、夢中でなかに入りよくよく見ると、お嬢様が夢にまで見た李《イ》トリョンだった。履物をあっちにころり、こっちにころりと脱ぎ捨てて、部屋に飛び込んだ。

「香丹がごあいさつ申し上げます。おうちの皆様にはお変わりございませんか。道中何事もなく来られましたでしょうか」

香丹はひれ伏して正式の礼をしたのち、チョゴリの結び紐で涙をぬぐいながら月梅をいさめた。

「奥様、いけません。春香お嬢様会いたさに、はるばる千里の道を来られた方なのですよ。お嬢様がお知りになれば悲しまれます。粗略《そりやく》にされてはなりません」

香丹は台所に飛んで行って、残り物のご飯とおかずに、冷たい水をたっぷり汲んでお膳に載せてもどってきた。

「温かい食事を作るあいだ、これでもお腹に入れてください」

お膳をみて御史《オサ》は喜んで飛びついた。

「おお、飯よ、久しぶりだなあ」

李トリョンはおかずとご飯をいっしょくたにして、さじも使わずに指でざっとかき混ぜると、南風にカニが目を引っこめるように素早く平らげた。

「アイゴ、物乞《ものご》いが板についてるね」

月梅《ウォルメ》が皮肉った。

香丹《ヒャンダン》は新たにご飯を炊きながら、春香の今の身の上を思うとしきりに涙が流れた。李《イ》トリョンが聞きつけて心配するのではないかと、思い切り泣くこともできず、声を殺してすすり泣く声が、温突《オンドル》の温気にのって部屋まで聞こえてきた。

それを聞いて御史《オサ》が悠然と声をかけた。

「これ、香丹や。泣くではない。おまえのお嬢様がまさか死にはすまい。行いが正しければきっと助かる日が来るものだ」

「アイゴ、そのざまでも両班《ヤンバン》は両班、意地だけはあるんだね」

黙って座っていれば憎くはないものを、みじめな物乞いの格好で大口をたたく婿を見ていると、月梅の心はむかっ腹が立って、またもや鋭く言い放った。

香丹が温かいご飯を運んできた。

「書房《ソバン》様、奥様の言うことを本気にとられてはいけません。春香《チュニャン》お嬢様が捕らわれてから正気ではないうえ、書房様までそんなお姿で来られたので、あまりにも口惜しいためでございます」

それを聞いて李トリョンはほかほかと湯気の立つご飯を一さじすくいかけて、さじを置いた。

「香丹や、お膳をさげてくれ。食べる気がなくなった」

李トリョンはさっと立ち上がった。

「春香に会いに行こう」

月梅《ウォルメ》は一枚一枚春香の着替えの服を取りそろえて李トリョンについて出た。いつの間にか雨雲がおしよせあたりは真っ暗になった。雨風が吹きすさぶなかを香丹が提灯を持ち、月梅が先に立ち、李トリョンは後について、みな言葉もなく牢へと向かった。

一一　牢格子ごしの愛しい人

稲妻がピカッと光り、雷はドーン、雨はザアザア、風はビュウビュウと吹きすさび、目張り紙はバタバタ、夜の鳥はホウホウ、牢格子《ろうごうし》はギシギシ、雨だれはポツポツ、かなたで鶏《にわとり》の声がかすかに聞こえる。春香《チュニャン》はひとりよこになって、いつものように李《イ》トリョンを想い涙を流していた。

——薄情なあの方はわたしを忘れたのか、夢にも出てこない。眠らせてちょうだい、夢を見させてちょうだい、夢のなかで会いましょう。

悲しそうに泣いていた春香はふとまどろんでしまった。

「春香や」

「姑《しゅうとめ》殿、そんなひそひそ声では聞こえませんよ。もっと大きな声で呼んでみなさい」

月梅《ウォルメ》が呼んでも返事がないので、李トリョンはいらいらして急きたてた。

「なにもわかってないのに黙っておくれ。役所がすぐそこなんだよ。大きな声を出して府使《プサ》に気づかれたらまた大事《おおごと》になるよ」

「気づかれたらどうだというのです。わたしが呼んでみるので黙っていて下さい。春香や」

その呼び声に春香《チュニャン》はぱっと目をあけてあたりを見回した。

「このお声は、夢か現《うつつ》か」

「わたしが来たと早く言ってください」

李《イ》トリョンは春香のありさまを見て胸が締めつけられ、もう一度月梅《ウォルメ》を急《せ》きたてた。

「いきなり事情を言ったらびっくりして気絶してしまうようなことなんだから、あんたはちょっと後ろに下がっていておくれ」

春香は母の声だと分かった。

「お母さん、どうして来たの。こんなわたしのために夜中に出歩いて転んだりするのではないかと心配です。もう夜に来ないでください」

「わたしの心配はいいから気をしっかり持ちなさい。来たんだよ」

「来たって、だれが来たの」

「だから……、来たんだよ」

「じれったくてたまらないわ。話してください。もしやあの方から便りが来たの。いつ来られるという便りなの。官職についたので来られるという知らせなの」

「あの方だかなんだか、物乞《ものご》いが一人来たよ」

「本当ですか」

長い髪を首にぐるぐる巻きつけ、大きな首枷《くびかせ》をずりずりと引きずりながら、春香が牢格子《ろうごうし》に近づいた。そのとき李《イ》トリョンが牢のまえに立った。春香《チュニャン》は冬のあいだの牢生活でひび割れた手を突き出して李トリョンの手を握りしめ、しばらくのあいだなにも言えなかった。

「これは夢にちがいないわ。寝ても覚めても忘れられない恋しい方に、こんなにたやすく会えるわけがないもの。でも、夢ででも会えたからもう死んでも思い残すことはありません」

「春香や、夢ではないぞ。これは夢ではなく現《うつつ》なのだ。わたしが来たのだ。おまえに会いに来たのだ」

「本当ですか。わたしが来たのですね。あなた、どうしてあんなにつれなかったのですか。あなたが漢陽《ハニャン》に去ってからは寝ても覚めても、居ても立っても旦那様のことばかり想っていましたのに、もう死ぬしかない今になって助けに来られたの。もっと近くに寄ってください。あなたのお顔を見せてください」

李トリョンの顔をためつすがめつ見ていた春香の顔が憂いに満ちた。

「わたし一人死ぬことは悲しくありません。ですが、あなた、そのお姿はどうしたことですか」

春香のやつれた頬に熱い涙がぽろぽろと流れて落ちた。

「これ、春香や、悲しむでない。人の命は天が定めるという。まさか死ぬことはあるまい」

それでも、春香の涙は止まらなかった。娘が泣くのを見て月梅《ウォルメ》も涙をぬぐってつぶやいた。

「御史《オサ》にでもなって、わたしの娘の命を救ってくれると思ったのに、婿なんて何の役にも立ちやしないよ。これもすべておまえの運命だよ。府使《プサ》の言いつけを聞いていれば楽に生きられたのに、一人の夫にしか仕えないと命まで懸けるなんて、いいざまだよ。乞食のなかでもよりによってこんなみじめな乞食に仕えてどうなるというんだい」

あまりにも悔しくて、月梅《ウォルメ》は春香《チュニャン》に腹立ちをぶちまけた。

「お母さん、そんなことは言わないでください。出来が悪くてもわたしの夫、出来が良くてもわたしの夫です。わたしを訪ねてきてくれた夫です。大切にしてあげてください。それよりわたしが死んでもこの世に思い残しのないようにしてください。わたしの絹の服が箪笥《たんす》のなかにありますので、それを売って韓山《ハンサン》の麻を買い、きれいな色の道袍《トポ》を作ってあげて。飾り物もみな売って、カッ〔帽冠〕と沓《くつ》を買ってあげてください。わたしが死んだあとでも、わたしだと思ってお世話してあげて」

「自分は死ぬというのに、こんなのにでも夫だとまめまめしく世話を焼くんだね。アイゴ、胸が張り裂けそうだよ」

月梅《ウォルメ》は春香に聞こえないように低い声でつぶやきながら胸を叩いた。

春香は李トリョンの手を取ったまま静かに見つめていたが、長い溜息をついた。

「あなた、聞けば明日は府使《プサ》様の誕生日で、祝いの宴《うたげ》の最後にわたしを殺すそうです。だから、どこにも行かないで牢のまえで待っていてください。春香を引き出せと命が下されれば、首枷《くびかせ》を支えてくださり、殺されて投げ捨てられたら、ほかの人の手に触れないようにあなたが手ずから墓に埋めてください。高価な経帷子《きょうかたびら》も立派なお墓もいりません。地を掘り埋めてくださるときにあなたの内チョゴリを脱いでわたしの胸にかけてくだされば思い残すことはありません。内チョゴリをあなたと思い、死んでも大事にするつもりです」

玉のような涙が小さな流れになり襟《えり》を濡らした。

「あなた、お願いが一つあります。可哀想なお母様、わたしが死んだらだれを頼るのでしょう。わたしを亡くして、悲しみで死ぬかもしれません、飢えて死ぬかもしれません。あなたのお世話もできずに死んでいく女の厚かましい頼み事ですが、可哀想なお母様の身の上、寄る辺《べ》もなく哀れですので、お母様を敬いわたしと思いお世話してくだされば、死んで鬼神《キシン》になってでもご恩をお返しいたします」

いつしか雨も止み、東の窓がぼんやりと明るくなった。春香《チュニャン》は涙を抑え李《イ》トリョンの手に握られていた二つの手を静かにひっこめた。

「あなた、遠くから来られてどれほどお疲れでしょうか。もう帰ってお休みください」

「よしよし、春香や。おまえもそんなに心配しないでぐっすりと寝なさい。今日という日が暮れれば死ぬか生きるか決着がつこう。早まった心積もりをしてはならんぞ。日が暮れればきっとまた会おう」

御史《オサ》に任命されたと聞けば、喜んで踊りだすだろうに、王の命を受けた身で軽々しく明らかにはできないことであった。心の内を告げることもできず、どうしようもなくただ眺めるしかない御史の心にも血の涙が宿った。

御史は月梅《ウォルメ》と香丹《ヒャクタン》を家に帰したあと、広寒楼《クァンハルル》に上った。しばらくすると、御史につき従う捕吏《ほり》たちが影のように静かに四方から集まってきた。

「今日、ここの府使《ブサ》が祝いの宴をするとき御史《オサ》として名乗りを上げるつもりだ。人目につかぬように近くで待機しておれ」

一二　暗行御史様、お成り

夜が明けると、南原府《ナモンブ》の府役所は卞府使《ピョンブサ》の誕生日の祝宴のために大忙しだった。牛と豚を屠《ほふ》り、ご馳走作りに走り回っているとき、それぞれの郡邑《ぐんゆう》を預かる守令《スリヨン》たちの到着を知らせるラッパが高らかに鳴り響いた。

守令たちがそれぞれ席に座ると、左右にずらっと並んだ妓生《キーセン》たちが色とりどりの袂《たもと》をひらめかせながら風楽《プンアク》〔韓国の伝統的な音楽〕に合わせて踊りはじめた。酒が何回かめぐり、客たちがほろ酔いかげんになったころ、門のあたりが騒がしくなった。

「そこの者、府使《プサ》様に申し上げろ。遠いところから来た物乞いがけっこうな宴席にめぐり合ったので、ご相伴《しょうばん》にあずかりたいと申しておるとな」

物乞いのなりをした御史《オサ》が門のまえで使令《サリヨン》と言い争っていると、争う声を聞きつけた府使が腹を立て大声でどなった。

「どこのどいつが宴《うたげ》の邪魔をするのだ。その馬鹿者を追い払え」

ところが御史は柱にしっかりと抱きついて離れようとはしなかった。

「府使《プサ》様が出て行けとおっしゃっただろう、お咎《とが》めがないうちにとっとと消えうせろ」

「宴席に来た犬にだって肉の一切れぐらいはやるものだろう。手ぶらで帰れとはひどいじゃないか。わたしは帰らんぞ」

その物乞いをじっと見つめていた雲峰《ウンボン》の守令《スリョン》が卞府使《ピョンブサ》に言った。

「府使、あの物乞い、身なりはみすぼらしいが両班《ヤンバン》のようです。すこし酒でも飲ませて行かせてはいかがでしょうか」

卞府使は気がすすまなかったが、守令の言うことを無視するわけにもいかず、苦々しげな顔で首だけたてに振った。

御史《オサ》はすたすたと歩いて雲峰守令のよこにどっかと座り込んだ。その様子を見て、卞府使が守令に低い声で嫌味を言った。

「そんな奴を近づけたりすると、煙管《きせる》かなんかを盗まれるのは分かりきっているのに、なんでもてなすのだ」

雲峰守令はにっこりと笑っただけだった。ほどなく食事の膳が運び込まれ、客ごとに一つずつ膳が置かれたが、御史のまえには果物皿ひとつ置かれなかった。雲峰守令が気の毒がって召使を呼んだ。

「これ。こちらの両班《ヤンバン》に膳《ぜん》をお出ししろ」

そう言われてやっと御史のまえに膳が置かれたが、人の食べ残しのあばら肉に、もやしの豆が一皿、鰯《いわし》の尻尾《しっぽ》が一皿、濁り酒一杯ですべてだった。御史は骨だけの扇子を逆さにつかみ、雲峰守令のわき腹をぐっと突いた。

「もし、守令《スリョン》殿」

いきなりわき腹を突かれたので、雲峰《ウンボン》守令はびっくりした。

「これ、何をなさる」

「あばら肉を一つくだされ」

「あばら肉がほしければ口で言われよ。どうして人のあばらを突いたりするんです」

守令が召使を呼んだ。

「このあばら肉をこちらの両班にも差し上げろ」

すると御史《オサ》がすっくと立ち上がった。

「ご馳走になる者が人の手を煩わしてはいけません。わたしが自分で取って来ましょう」

御史はあちこち回っておいしそうな食べ物だけ取って来て自分のまえに置いて、がつがつと食べ始めた。ずるずるピチャピチャ、その騒々しい音に卞府使《ピョンプサ》はひどく気分を害した。

「あやつが両班《ヤンバン》なのは間違いないようだが、あんなに無作法なのを見ると詩文の勉強なぞしたことがないだろう。詩を作らせて追い払おう」

卞府使はえへんと咳払いをして皆の注目を集めておいて言った。

「さあさあ、皆さん。詩を一編ずつ詠《よ》むことにしましょう。詩を詠めなかった人には罰を下しますので、よくよく考えてよい詩を作ってください」

みんなが頭のなかで詩想《しそう》を練っていると、御史《オサ》がまえに進み出て言った。

「わたしも両親のおかげで詩文を習いましたので、ご馳走のお礼に一編詠《よ》みましょう」

雲峰守令《ウンボンスリヨン》が筆と墨を渡した。ほかの者がまだ筆を取りもしないうちに、御史は瞬《また》く間に文字を書きなぐって席を立った。

「遠いところから来た物乞いが久しぶりに酒と肉をたらふく馳走《ちそう》になり、まことにありがたかった。のちほどまたお目にかかりましょう」

卞府使《ピョンブサ》は、詩がつくれないので尻尾を巻いて逃げるものと思い、早く行けとひらひらと手を振った。

いったい何を書いたのか気になって、御史が残した詩を読んだ雲峰守令の顔から一瞬にして血の気が引いた。

金樽美酒千人血　　金の樽の美酒は千人の血なり
玉盤佳肴万姓膏　　玉盤の馳走は万民の汗なり
燭涙落時民涙落　　燭涙が落つるとき民の涙が落つる
歌声高処怨声高　　歌声高きところ怨みの声も高し

驚いた雲峰守令があわてふためいて立ち上がると、府使がそれを見て尋ねた。

「どうかされたのかな」

「家でことが起こり行かねばなりません」

「何事が起こったのですか」

あわてた守令はとっさに思いついたまま答えた。

「母上が流産したと知らせが来ました」

「お母上はおいくつで流産されたのか」

「今年で八十九歳です」

府使《プサ》はもちろん居合わせた客たちはわけが分からず、雲峰守令《ウンボンスリヨン》をじっと見つめた。ようやく言い間違いに気づいた守令はすぐに言いつくろった。

「いえ、言いまちがえました。流産ではなく転んで怪我をしたのです。では、これにて失礼いたす」

「お母上が怪我をされたとは、すぐに戻られよ」

雲峰守令はあまりに気が急《せ》いたので、沓《くつ》もまともにはかずに一目散に逃げ出した。

まさにその時、どこかで太鼓がドン、ドン、ドンと三回鳴り響いた。続いてどやどやっと騒々しい足音が聞こえたと思うと、御史《オサ》配下の捕吏たちが駆け込んできた。

「暗行御史《アメンオサ》様、お成《な》り」

朗々と張り上げる声に山河がくずれ、天地が沸き立ち、空に浮かんだ太陽もしばし足を止め、飛んでいた鳥も飛べずにばたばたと落ちた。南門で「お成り」北門で「お成り」とお成りの声が天地に鳴り響き、座首《チャス》、別監《ビョルガム》〔地方の郷庁の長〕は呆然とし、各郡邑の守令があわてて逃げ出すとき、そのありさまは見物であった。任実《イムシル》の県監《ヒョンガム》〔県の長官〕はあわてたあまりカッ〔冠帽〕を逆さにかぶろうとして、「おい、だれがこのカッの穴をふさいだのだ」

と叫ぶと、だれかが、

「カッが逆さですぞ」

「えい、被り直す間がどこにある、だれか押さえてくれ」

とぎゅっと押さえつけたのでカッが裏返しになった。やっとカッをかぶったあと、小便をするのに自分の一物と思い剣の鞘をにぎったまましたので、小便をかけられた役人たちは、

「ほう、近頃は天が雨を温めて降らせるのか」

と、うろたえ騒いだ。

求礼《クレ》の県監は馬に逆向きに乗り鞭を振るうと、馬は後向きに走り出した。

「ほう、この馬はどうしたことだ。もともと首がないのか」

「あべこべに乗っていますぞ。乗り直しなされ」

「そんなひまがあるものか。首を切って尻の穴に差し込め」

卞府使《ピョンブサ》は頭がもうろうとしてパジ〔ズボン〕に糞《くそ》を漏らし、とっさに奥の間に駆け込み叫んだ。

「寒いぞ。扉が入ってくる、風を閉めろ。水がかわいた、喉をくれ」

この時、捕吏たちが蜂の群れのように押し寄せて、あちらを叩き、こちらを叩き、むやみやたらに

叩きまわったので、コムンゴ〔六弦琴〕が砕け、太鼓の皮が破れた。ご馳走をのせた台の脚が折れ、膳はひっくり返りとてつもない大騒ぎになった。

御史《オサ》は府役所の一段と高い床に座り、命令を下した。

「南原《ナモン》府の卞府使《ピョンブサ》、その悪行《あくぎょう》は明らかである。ただちに捕らえて牢に入れよ」

卞府使を牢に入れた御史は、牢に捕らえられている罪人の罪状をすべて聞いた後、罪のない者はただちに放免した。解き放たれた人たちは喜び、踊りながら御史の徳行《とっこう》をほめたたえた。

最後に御史は牢を守る刑吏に命じた。

「春香《チュニャン》を牢より出して連れてまいれ」

御史のお呼びだと聞いて、春香は香丹《ヒャンダン》に聞いた。

「香丹や、牢のそとにだれかいないか見て」

「だれもいませんよ」

「もっとよく見て」

「本当にいませんよ」

春香は大きな溜息をついた。

「昨夜あれほど頼んでおいたのに、どこに行かれたのやら。わたしが死ぬのをご存知ないのかしら。夜寝られないで明け方に寝つかれたのか。思いやりのない薄情な方。死ぬまえにお顔をもう一度見たかったのに、どこにおられるのか」

あふれる涙が血となり襟《えり》を濡らした。月梅《ウォルメ》が地団駄を踏みながら胸を叩いた。

刑吏が慰めた。

「泣くんじゃない。天が崩れても抜け出す穴はあるというじゃないか。御史《オサ》様に申し上げれば、おまえの松のように竹のように固い志操《しそう》、分かってくださるはずじゃ」

刑吏に促されて春香は府役所に入っていった。歩く力もなく香丹《ヒャンダン》に背負われ、月梅が後について泣きわめきながら入っていくとき、南原《ナモン》各地から駆けつけた女たちが春香を助けようと後について行った。草取りをしていてホミ〔鎌〕を持って駆けつけた女房もいれば、摘んでいた桑の葉を持ったまま駆けつけたおかみさんもいた。

御史《オサ》が押し寄せた女たちを見て問うた。

「ご婦人方はどうしてこんなに大勢で来られたのか、わけを申されよ」

そのなかの百七歳の一番年上の寡婦《やもめ》が左右の人をかき分けて進み出た。

「納得しがたいことがあり、御史様に申し上げにまいりました。月梅の娘春香は母親は妓生《キーセン》ですが、父親は宰相でございます。先の府使《プサ》の息子、李トリョン様とは結婚の約束を結んだのち、李トリョン様と別れ貞節を守っておりましたが、新任の府使、卞府使《ピョンプサ》が側仕えをせよとのご命令、これに従わない春香《チュニャン》を牢に閉じ込め、ありとあらゆる刑罰を与え死に追いやろうとしました。烈女《れつじょ》が二夫に仕えないのは世の第一の道理でございますのに、棒打ちすると変わりましたか。烈女、春香をお解き放ちください。賢明な御史様のご処分をお待ちします」

「母親が妓生《キーセン》であるなら、娘もまた妓生であることは明らかである。妓生が府使の側仕えをするのは当然であるのに、側仕えを拒んで騒ぎ立てたとは許されぬことだ」

「もし、御史《オサ》様、そのご処分は腑に落ちませぬ。貞節を捨て側仕えをせよとは。それが民の上に立つお役人様としてのお言葉ですか。貞節が罪でしょうか」

「しーっ、黙れ」

御史《オサ》配下の捕吏《ほり》の一人が寡婦《やもめ》の言葉をさえぎった。

「しーっ、とは。蛇でも通り過ぎましたか。罪もなく、年老いたこのわたしを、御史様はどうなさろうというのです。捕らえるのですか。それなら、さっさと捕らえなさい」

南原《ナモン》の人たちが春香《チュニャン》の貞節を高く評価しているのを見て、御史は心中で嬉しくて、尻をそわそわと揺すり、笑いを抑えようと口をひくひくさせながら言った。

「正しいことならば、それにふさわしい扱いをするつもりです。ご婦人方は心配せずに帰りなさい」

女たちが引き下がるとき、寡婦がもう一言申し上げた。

「もし、御史様、どうか烈女《れつじょ》春香をお解き放ちください。そうでなければ人からの蔑《さげす》みを受けましょう」

春香は死んだように身を伏せていた。細い首に大きな首枷《くびかせ》をはめられ、つややかだった髪は乱れ、服は赤い血でまだらに染まり、その痛ましい姿は目を開けて見られたものではなかった。御史の目にも涙があふれ、人に気づかれはしないかと扇子で顔をおおって言った。

「裁きを申しわたす。そのほう妓生《キーセン》であるのに官の命令に背き、いらぬ騒動を引き起こしたが、それでも助かりたいと思うか。死んで当然であるが、わたしの側仕えをするのなら命は助けてやろう」

それを聞いてあきれた春香《チュニャン》は、

「草色と緑色は同じ色、ザリガニはカニの仲間とか、都から下ってくる官吏はみな同じですね。本当にぶざまなこと」

嘆きながら言葉を続けた。

「御史《オサ》様、お聞きくださいさい。絶壁のうえにそびえ立つ岩が、風が吹いてくずれましょうか。四季の松の青さが、雪が降ろうと雨が降ろうと変わりましょうか。よけいなことは言わずに殺してくださ い」

御史はにっこりと笑って、玉の指輪を取り出し使令《サリョン》に渡した。

「これを春香に見せろ」

春香が目のまえに置かれた玉の指輪を見ると、別れたとき李トリョン様に渡した自分の指輪だった。

「顔をあげよ」

それを聞いて春香《チュニャン》ははっと顔を上げた。府役所の高い床に座っている御史《オサ》は、昨日牢に訪ねてきた夫に違いなかった。夢か現《うつつ》か。じっと御史を見つめる春香の目に玉のような涙があふれ、襟を濡らし静かに流れ落ちた。

「よいやさ、めでたい。よいやな、めでたい。昨日の物乞いの婿がほんとは御史様《オサ》だったとは。夢なら覚めてくれるな、現《うつつ》なら今日だけはこのまま変わらないでおくれ」

春香《チュニャン》の死ぬ日だとばかり思って泣き泣きついてきた月梅《ウォルメ》は、泣いたり笑ったり、肩で拍子をとりながらひょいひょいと踊った。

「アイゴ、わたしが馬鹿だったよ。昨日、わが家の婿をののしったり困らせたり、なんて馬鹿なことをしたんだろう。もし、結び紐《オッコルム》につけている化粧刀〔刀守り〕をおくれ、この口を切り取って、いや、切ると痛いからできないよ。本当にこの口が、この口が悪いんだよ」

月梅は自分の口を手でぎゅっぎゅっと突いて、笑ったり泣いたり正気の沙汰ではなかった。

「御史殿、どうか怒らないでおくれ。婿が物乞いだったら春香が死ぬしかないから、腹立ちのあまりひどいことを言ったのだよ。婿が都に行ったあと庭に祭壇を設けて、婿の出世を昼も夜も祈ったから、天も感じて御史にしてくれたんだよ。本当にめでたいよ」

母娘を家に帰したあと、御史は夜遅くまで府役所の仕事をかたづけ、夜が更《ふ》けてから春香の家に向かった。人の気配も絶えた寂しい夜更けであったが、春香の愛のように澄んだ月の光が道を明るく照らした。家に着くと、庭の蓮池で金魚が月にむかって飛び上がり、寝ついたばかりのむく犬が人の気配に驚いて目を覚ました。

「アイゴ、やっと来たね」

月梅《ウォルメ》が庭に降り、御史《オサ》を案内して春香《チュニャン》の部屋に入った。それと知ってやっと身を起こした春香は御史の手を取って嬉しさ半分悲しさ半分、夢のようでもあり現《うつつ》のようでもあり、懐かしくて嬉しくて、しばらくははらはらと泣くばかりだった。

御史は涙をぬぐってやりながら慰めた。

「泣くな、泣くな。むかしから英雄と美人には苦労がつきものだ。すべてはわたしの罪だ。泣くでない。もう苦労は終わって、これからが幸せの始まりなのに、なぜ泣くのだ」

御史は重湯をすすめ、薬も手ずから煎じて飲ませ、夜明けまで看病したあと、出立《しゅったつ》の準備をした。

「これからは夫婦むつまじくともに老いようぞ。両親に便りを送ったから、すぐに迎えの者が来よう。その者について 姑《しゅうとめ》殿といっしょに都に上り待っていなさい。わたしは王命を受けた身の上だから、あちこちでせねばならん仕事がある。すべて終えてから都に上っていこう」

のちにこの話を聞いた王様は、妓生《キーセン》の身分でありながら命をかけて志操《しそう》を守った春香《チュニャン》を褒《ほ》めたたえて貞烈婦人《ていれつふじん》の称号を与えた。李《イ》トリョンは吏曹《イジョ》の判書《パンソ》〔長官〕、戸曹《ホジョ》の判書、左大臣、右大臣を歴任し、貞烈婦人春香とともに息子、娘を産み育て、老いて死ぬまでともに仲睦まじく暮らした。

世の人々はそれを羨《うらや》み、春香の志操を手本としたという。


（訳　萩森勝）

沈清伝

現代語訳　張喆文《チャンチョルムン》

一　盲の父のもとに生まれた娘

むかし黄海道《ファンヘド》黄州《ファンジュ》の桃花洞《トファドン》に盲《めしい》の男が一人住んでいた。姓は沈《シム》で名は鶴奎《ハッキュ》といった。沈鶴奎は先祖代々高い官職をつとめた家柄だった。だが、しだいに家勢は傾き、とうとう残っていた田畑《でんぱた》までなくしてしまった。そのうえ二十歳のころ失明して、官職への道も永遠に閉ざされてしまい、田舎でやっと暮らしをたてていた。近い親戚といってもだれもおらず、頼れる後ろ盾とていなかった。しかし男は清廉潔白で行いが正しく、沈奉事《シムポンサ》〔盲の沈さん〕と呼ばれていた。

沈奉事の妻の郭《カク》氏夫人は善良で賢明で、その徳行と礼儀正しさは古《いにしえ》の人々にも劣るところがなかった。隣近所の人々にもやさしく家の切り盛りも手ぬかりなかった。

夫婦は一間きりの家でくらし、立錐の土地すらもたぬ身の上だったので、三度三度の飯もままならなかった。そこで、妻は盲の主にかわって賃仕事や針仕事をしとおした。年がら年中村人の服をぬい、ほころびた服をつくろい、きれいに洗って糊づけし鏝《こて》をあてた。それに、祝言《しゅうげん》をあげる家の掛け布団や枕に鴛鴦《おしどり》の刺繡をほどこす内職をした。また、祝宴をはる屋敷を訪ねていっては料理をすべてこしらえ、一年三六五日、一日も休むことなく懸命に働きつづけた。こうして妻は爪がすりへるほど手先の賃仕事をして日銭をかせぎ、春秋の祭祠《チェサ》も忘れず、盲《めしい》の主をひたすら養った。

＊　＊　＊

ある日のこと、沈奉事《シムポンサ》は妻を呼んで座らせると、二人のあいだに子のいないことを嘆いた。

「おまえ」

「はい」

「おまえは盲のわしのために、しばしも休まず昼夜稼いで、腹はすかないか寒くはないかと食事や衣服の心配をし、わしを養ってくれている。わしは気楽でありがたいのだが、おまえの苦労はとても口にもできないから、わしは相済まなくて身の置き所もない。これからはわしのことにはあまり気を使わず、なるように暮らしていこう。じゃが、鳥は卵を生み獣は仔を生み草木は花を咲かせて実をつけるというのに、人間様のわしらが子をもてないのは、いったいどういう八字《パルチャ》〔運命定め〕によるものだろうか。四十路《よそじ》の齢《よわい》になるまでわが子を授からず先祖の祭祠《チェサ》もしまいになるとは、死んであの世にいってご先祖様に顔向けができるものではない。それに、わしら夫婦が死んだあと、葬式はだれがあげてくれ、年々の祭祠の飯一ぱい、茶一ぱいさえだれが供えてくれるのだろうか。名山大寺に供物をささげ息子でも娘でも一人授かったならば、この思いは晴れるというもの。おまえ、どうか天地神明に祈り、心をこめて願《がん》をかけてはくれまいか」

妻は首をうなだれて静かに答えた。

「あまたの親不孝のなかで子を生めないのが一番の親不孝だといいます。わたしたちにわが子が授からないのはみんなわたしの不徳のせいです。子供を生みたいのは山々ですが、暮らし向きもおぼつかず、善良誠実一途のあなたがどんなお考えかわからなくて、とても言い出せませんでした。あなたからおっしゃるからには、願《がん》をかけてみます」

妻は賃仕事でえた金で供物をととのえて、名立たる寺院や由緒ある祠《ほこら》や城隍堂《ソナンダン》を訪ね歩いては願をかけた。仏様、菩薩様、玉皇上帝、四海龍王、三神ハルモニにあらゆる供物をささげ、家にあってはすすけた竈神様〔竈を守る神様〕、ソンジュ様〔家屋敷を守る神様〕にどうか子を授けてくださいと、真心こめて祈りに祈った。

＊　＊　＊

功徳《くどく》をつんだ塔は倒れず、手ずから植えた木も倒れずという。

ある日の夜のこと妻は夢を見た。めでたい運気があたりに漂い、美しい虹のかかるなかを一人の仙女が天から鶴に乗って舞い降りてきた。セクトン〔黄朱紫紅白緑等の色の筋状の模様の布地〕の衣裳をあでやかに身にまとい、頭には華冠をつけノリゲ〔女性のチョゴリの胸からさげる飾り〕を優雅に胸にさげ、月桂樹の枝を手にたずさえた仙女は、妻のまえにすすみでると恭しくお辞儀をした。妻は、たしかな月の運気を抱いたように身と心が恍惚となり平静ではいられなかった。仙女は妻の胸のなかに入った。びっくりして目を覚ましてみると、それは夢だった。

妻はすぐさま沈奉事《シムポンサ》をゆり起こして夢の話をすると、不思議なことに二人の夢には寸分の違いがなかった。

＊　＊　＊

はたしてその月から妻には懐妊《かいにん》の兆しがあった。妻は心を大らかに保ち、穢《けが》れた場所には座らず、不潔な食べ物は口にしなかった。また、縁起の悪い話は聞かなかったし、悪い行いは見なかったし、断崖や淵には立たなかった。また、でこぼこした場所で寝ることもつつしんだ。

こうして十月が満ち、ついにある日産気づいた。

「アイゴー、お腹が痛い。アイゴー、腰が痛い」

沈奉事は驚きもし嬉しくもあって、よたよたとそとに走り出ると貴徳《キドギ》の母親を呼んだ。

「おおい、貴徳の母さんや、いるかい。すぐにうちに来ておくれ。子供が生まれそうだ」

夕餉《ゆうげ》をすませて糸をつむいでいた貴徳の母親があわててやってきて、沈奉事を叱りつけた。

「アイゴー、沈奉事さん。なんで生むともいわないで子供を生むんだね。まえから話をつけとくもんだよ」

「ええっ、そんなことはとっくに女房が頼んであったはずだが。忘れてしまったのかね。あっ、そうだ。昼知らせるのを忘れてた。まあ、ともかくも入ってくれ。さあさあ早く」

こうして貴徳《キドギ》の母親を部屋に入れておいて、沈奉事《シムボンサ》は一握りのわらをきれいにそろえて敷いて、井華水〔早朝最初にくんだ井戸水〕を沙鉢《サバル》〔どんぶり〕一ぱいくんでから盆にのせると、膝をおって正座した。

「お祈りいたします。お祈りいたします。天地神明と玉皇上帝様にお祈りいたします。妻がおそまきに子を生みますので、古いチマに胡瓜《きゅうり》の種が落ちるように安産させてください」

このころ、どこからともなく部屋のなかに香りがたちこめ五色の虹に包まれた。妻はお産の苦痛に何度も気を失ったすえ、早暁《そうぎょう》にわが子を産み落とした。

そわそわと台所と板敷の間を行ったり来たりして気が気でなかった沈奉事は、やっと安堵の吐息をついた。

「ふう、おれが産んだほうがましだ。見とられん」

貴徳の母親は赤ん坊を取り上げて寝かせると、最初の汁飯《クッパプ》〔お産のあと産母が初めて食べる若布汁と飯〕をつくりに台所に立った。

沈奉事は部屋にわっとかけこんで妻の枕辺に座って、肩をゆすり嬉しくてたまらないというようすだった。

妻はしばらくして我にかえると、沈奉事にやっとの思いで聞いた。

「ぶじ産まれましたが、息子ですか、娘ですか」

ところが沈奉事《シムボンサ》も息子か娘かわからず、ただわが子がぶじ生まれたことを喜んでいたのだった。貴徳《キドギ》の母親が息子か娘か言い忘れて部屋を出ていったからだった。

沈奉事は「あっ、しまった」と声を上げたが、それでも気分がよくて高笑いした。

「ハッハッハ、あきれたもんだ。夜通しあんな苦労をして、よくそんなことが言えたもんだわい。欲深いこった」

しかし沈奉事は聞かれたことには答えられなかった。

――しかたない。わしの手で触ってみるしかない。

沈奉事は生まれたての赤ん坊の頭の先から額、目元、鼻、口、顎、鳩尾《みぞおち》、腹、股までごそごそと手探りしていった。そして、まさぐる手が股間にふれたとき、なんの引っかかりもなくすっと通り過ぎたので、

「おまえと同じ女みたいだぞ」

「さんざんお祈りしておそまきに授かったわが子ですのに娘とは残念なことです」

沈奉事は妻を叱りつけるように慰めた。

「おまえ、そんなことというもんじゃない。ぶじに産めたことがどれだけ幸いなことか。娘とてうまく育てたならば息子に負けはせん。この娘をだいじに育てて、まずは礼節からきちんと教えて、針仕事、麻紡ぎとのこらず教えて窈窕淑女《ヨジョスンニョ》〔貞淑で気品のある女性〕にしたててあげ、いい婿殿を見つけて嫁《とつ》がせようぞ。二人仲良く暮らしたならば、わしらも婿《むこ》殿を頼って外孫に祭祠《チエサ》を引き継がせればすむことではない

か」

　そのとき貴徳《キドギ》の母親が手際よく最初の汁飯《クッパプ》をつくってきて、まず三神床《サムシンサン》〔出産をつかさどる神霊にささげるお膳〕にささげて沈奉事を呼んだ。

　沈奉事は衣冠〔服と冠帽〕をただし、両手をきちんと合わせて合掌してから、おそまきに得た独り娘の無事息災と幸を真心こめて祈りに祈った。

　真心こめて祈りおえた沈奉事は、温かい若布汁を新しくついで産母に飲ませ、まだしっかりかわいていない赤ん坊をいとおしげにいろんなふうにあやした。

トントントン　わしの娘《こ》や、よしよしよし　わしの娘や
金の娘か　玉の娘か
金をだしても買わりょうか　玉をだしても買わりょうか
トントントン　わしの娘や、よしよしよし　わしの娘や
神仙ののる鶴、氷の穴の川獺《かわうそ》の皮、五俵がますの米の粒
しっかりはいはい　よしよしよし　わしの娘や
南田北畓《ナムジョンブクタプ》〔たくさんの田畑〕あったとて、この嬉しさには替えられぬ

珊瑚《さんご》真珠があったとて、おまえの可愛さに替えられぬ
トントントン　わしの娘や、よしよしよし　わしの娘や

ところが大事件が起こった。妻が思わぬ産後の病にかかったのだ。産後七日もたたぬうちから家の内外の切り盛りをしてあんまり外気に触れたため病《やまい》に倒れた。

「アイゴー、アイゴー、頭痛もするし、胸も痛むし、足も痛む」

妻は全身はれあがり、息遣いも荒くなり、飯一さじ水一口も喉を通らず気を失うほど病は重かった。

沈奉事《シムボンサ》はびっくり仰天《ぎょうてん》、痛むところをさすってやったりもんでやったりしたが、なんの効き目もなかった。

二　母をなくした沈清

妻の病《やまい》は日に日に重篤《じゅうとく》になっていった。

沈奉事《シムボンサ》は盲《めしい》にもかかわらず、ごそごそと温突《オンドル》をたいて部屋を暖め、貴徳《キドギ》の母親の助けをかりて産後の肥立ちによいという食べ物や漢方薬をあれこれ与えてみたが、なんの薬効もなかった。

ある日妻はもうこれ以上生きられぬと悟った。そこで夫の手をとって、

「あなた……」

と深い溜息をついた。

「わたしたちは縁があって出会い、百年偕老《かいろう》〔夫婦が共に仲むつまじく老いること〕を固く誓い合いました。わたしは貧しい暮らしのなかでも盲のあなたに不自由させまいと思ってやってきました。寒い冬も暑い夏も上村《かみ》や下《しも》村をかけずりまわって賃仕事をもらい、ご飯や惣菜ももらい、ひもじくなく寒くないように養いました。ところが、天の結んでくださった縁ももはやこれまでなのでしょう、どうすることもなりません」

妻は言葉が続かずひとり考えた。

――このままどうして目を閉じられようか。天涯孤独の家長にだれが服一枚縫ってくれるだろうか。おいしい食事をだれが勧めてくれるだろうか。わたしが死ねば盲の家長がパガジ〔乾燥したひょうたんを半分に切って器につかったもの〕を手に杖をついてそとに出て、溝にはまったり石につまずいたりして涙にくれる姿が目に見えるよう。家々をまわって「ご飯を恵んでください」と物乞いする悲しげな声が耳に聞こえるよう……。四十路《よそじ》をすぎて得たわが子、乳を一度もやれず、顔をゆっくり見ることもかなわぬまま死んでゆかなければならぬのか。母なしの幼な子はだれの乳を飲んで育つのか、わが身のこともできない家長があの子どんなふうに育てるのかと思うと、はるかな黄泉《よみ》の国への旅路も足が重くて進まない……。

「あの向こうの李老人のお宅に十両預けてありますから、それをもらってきて葬式代にあて、米櫃《こめびつ》に産後の米がとってありますから大切に食べ、朴御使《パクオサ》のお宅の官服をぬって簞笥《たんす》に入れてありますから、取りにきたらお渡しし、貴徳《キドギ》の母親とは親しい仲ですから、あの子を抱いていって乳を飲ませてくれと頼めば、嫌とはいわないでしょう。天がお助けくださってこの子がぶじに育って歩けるようになったら、この子を先に立ててわたしの墓にやってきて、これがおまえのお母さんのお墓だと教えてやってくださり、魂だけでも母子が会えるようにしてください」

妻は握りしめた沈奉事《シムポンサ》の手をほどいて、深い吐息をもらして寝返りをうつと、幼いわが子を引き寄せて、顔をさすりながらチッチッチと舌を鳴らした〔気の毒に思ったり、哀れに思ったときに舌を鳴らす〕。

「天も薄情で、鬼神《キシン》も冷たいもんだねえ。おまえがもっと早く生まれるか、お母さんがもっと生きられたらどれほどいいか。おまえを生んですぐにわたしが死ぬことになって、こんな尽きない悲しみをおまえに抱かせてしまった。お母さんが死んだら誰の乳をもらって生き、誰の胸で眠るのかい。さあ、お母さんの最期の乳をのんで、早く大きくなるんだよ」

　二筋の涙があふれて頬を濡らし服を濡らした。

　妻はまた何か思い出したように沈奉事《シムポンサ》のほうをふり向いた。

「そう、忘れていました。この子の名を清《チヨン》と名づけてやってください。清という字は「晴」に通じますから、この子が大きくなって道案内ができるようになれば、あなたの目の代わりをしてくれることでしょう。それに、わたしがはめていた玉《ぎよく》の指輪がこの函《はこ》のなかにありますから、清が大きくなったら、これを母だと思うようにと話してやってください」

　空には暗雲がたれこめていたが、岩にあたって下る川の流れはザアザアと瀬音を高め、まるでむせび泣くようだった。

　かたわらにすわっていた沈奉事は妻がいまにも息絶えるとも知らず、流れ落ちる涙をごしごしとぬぐって、薬を煎じに立とうとした。

「おまえ、病気になったからといってみんな死ぬもんでもない。心配せずに寝てなさい」

　沈奉事は目が見えないのも忘れて、いそいで向こう村の成生員《ソンセンウオン》〔生員は官職のない儒者〕を訪ねていって薬をつくってもらってきた。

「おい、おまえ、ちょっとこの薬を飲みなさい。この薬は飲むとすぐに効くそうだ」

いくら呼んだところで、薬をつくりに行ったあいだに息を引き取った妻が答えるわけはなかった。とうとう沈奉事《シムボンサ》は薬なべをしたに置いて、へなへなとへたりこんだ。妻の手足をなでてみると、もう固くなっていて脈がまったくなかった。顔をなでてみると、鼻からは温かい息が出てこなかった。そこでやっと沈奉事は妻が本当に亡くなったことがわかり、狂ったように大泣きをはじめた。

「アイゴー、死んじまった。おまえ、本当に死んじまったのか。なんということじゃ」

胸をドンドンとたたき頭を床に打ちつけて、何度も床に仰向けに倒れ、しまいには地団太をふんで慟哭《どうこく》した。

「おい、おまえ、おまえが生きてわしが死ねばこの子を育てられるのに。わしが生きておまえが死んで、どうやってこの子を育てろというんだ。アイゴー、アイゴー、しぶといわしの命が生きようにも何を食べて生きたらいいんか。ともに死のうにもこの子を置いていくわけにもいかん。アイゴー、アイゴー。真冬の寒風に何を着せて、月もない暗くて淋しい部屋で乳をほしがって泣く子に、だれの乳を飲ませればいいんか。おい、おまえ、どうか死なないでくれ。ともに死のうといっていたのに、わしとこの子を置いていくというのか。アイゴー……」

部屋のそとに走り出た沈奉事は庭でつんのめった。

「アイゴー、村のみなさん方よ、うちの女房が亡くなりました。賢いわしの女房が亡くなりました」

こういってまた部屋にもどると、いきなり妻の首を抱きしめてゆすった。

「アイゴー、おまえ、こんなことなら薬屋にも行かないで、そばにいて手を温かく握ってやっていたものを。人を救う薬がかえって仇《あだ》になった。アイゴー、おまえ」

沈奉事《シムポンサ》の悲しげな泣声を聞いて、村の老若男女が集まってきて涙を流した。

「礼節の正しいおかみさんが気の毒にも亡くなってしまった。うちの村の百いくらかの家が十匙《じっぴ》一飯《いっぱん》〔みんなで少しずつ力を出し合えば大きな目標を達成できるという諺〕で野辺送りをしよう」

桃花洞《トファドン》の村人は力を合わせて、経帷子《きょうかたびら》と棺を準備し陽当たりのいい丘辺をえらんで墓地とした。

沈奉事の妻が亡くなって三日目に柩輿《ひつぎこし》を出したが、柩輿をまえでかつぐ人々は鈴を鳴らしながら先歌をうたい、後ろでかつぐ人々は後歌をうたった。


オホーノムチャ、オハーノム。

――ジャラン、ジャラン、ジャラン――

　気の毒な奥さん。礼節を守って賢かったのに、はかなく死んだ。

オホーノ、オホーノムチャ、なんで死んだ、ノムチャ、オハーノム。

　北邙山〔元は中国の王や名士の墓の多い山の名で共同墓地の意も〕は遠いというのに、
　向かいの山が北邙山とは。

ホーノムチャ、オホーノム。

　いま行けばいつもどるのか。冬もすぎ春が来たなら、友といっしょにもどるのか。夏がすぎ秋が来たなら名月といっしょにもどるのか。

オホノー、オホーノムチャ、なんで死んだ、ノムチャ、オハーノム。

花は散ってもまた咲いて、日は沈んでもまた昇る。なんで人だけは一度逝《い》ったらもどらぬか。

ホーノムチャ、オホーノム。

前山も八重の山、後山も八重の山、遠いとおい黄泉《よみ》の道中どこで休むのか
オホノー、オホノムチャ、なんで死んだ。ノムチャ、オハーノム。

——ジャラン、ジャラン、ジャラン——

このとき沈奉事《シムポンサ》は赤子の清《チョン》を籠に入れて貴徳《キドギ》の母親にまかせ、喪服にカッ〔帽冠〕をかぶって杖をつき、柩輿《ひつぎごし》の後ろのかつぎ棒をつかんで、狂ったように酔ったように泣いて柩輿についていった。

アイゴー、おまえ、薄情で冷たいもんだ。

ホーノムチャ、オハーノム。

アイゴー、おまえ、わしも死にたい、死にたいよ。盲《めしい》の主と赤子を捨てていくというのか。

わしも死のう。おまえとともにわしも死のう。

オホーノムチャ、オホーノム。

わしが死んで女房が生きてこそ赤子を助けられるというもんだ。このひどい女房め、おまえ

が死んでわしが生きたら、盲《めしい》のわしにどうやってあの赤子を育てろというんだ。
オホーノムチャ、なんで死んだ、ノムチャ、オホーノム。

沈奉事《シムボンサ》が柩輿《ひつぎこし》にしがみついて慟哭《どうこく》したために柩輿が止まってしまった。いっしょに柩輿のあとを歩いていた村人たちが沈奉事をなだめて、柩輿はまた動きだした。
まえをいく柩輿人夫が鈴をジャラン、ジャラン、ジャランと鳴らしながら、また先歌をうたった。

担ぎ手のみなさん方よ、ちょっと話を聞きなされ。人はこの世に百歳《ももとせ》も生きられず。
みんなも死ねばこの道よ、わしも死んだらこの道よ。わしらはみんな同じ道。
オホーノムチャ、オホーノム。
オホーノ、オホーノムチャ、オハーノム。
——ジャラン、ジャラン、ジャラン——

ついに墓地についていて埋葬をすませたあと、沈奉事《シムボンサ》が儀式をとり行う番になった。沈奉事は膝をきちんと折って悲しげに祭文〔追悼文〕を読み上げた。

ああ、妻よ、妻よ。

賢く立派だった妻よ、
その行いは人にすぐれた。
死ぬまでいっしょと誓ったが、
いきなりいずこに消えたのか。
深い山に埋められて、
眠るがごとく横たわると、
姿も失せさり話もできず、
目も見えず声も聞こえず。
おまえを思う気持ちはひとしおだが、
今はもうせんもなし。
この世とあの世はちがう道、
おまえの悲しみだれが知る。
あの世でいずれまた会おう。
この世には恨《ハン》なし。
ありきたりの供物だがたくさん食って行ってくれ。

祭文を語りおえると沈奉事《シムポンサ》はまた息が止まったかのように墓のまえ行って倒れた。

「アイゴー、アイゴー、なんということだ。アイゴー、おい、おまえ。わしは家にもどるから、あの世で達者《たつしや》に暮らしなよ。さらばじゃ、さらばじゃ。黄泉《よみ》への旅路は宿もなし、いったいいずこに泊まるのか」

村人たちがやっと沈奉事《シムボンサ》の興奮をなだめて落ち着かせた。

「奉事さんよ、さあ、泣くのはやめて起きなされ。あんたがしっかりしなきゃだれが幼な子の世話をするのじゃ。人に生まれたら天命に逆らうわけにはいかんのだから、どうしようもないじゃないか。どうかあんまり悲しまないで、体を大切にするこった」

すると、沈奉事は我に返って涙をぬぐうと溜息をついて起き上がった。

「ありがとう。ほんとにお世話になりました。このご恩はどうやってお返ししたものか」

めいめいにあいさつをして家にもどるころになって、沈奉事はまたそっくり返り泣きわめきながらもどっていった。

三　乳も飯も恵んでもらう

沈奉事《シムボンサ》が家にもどってみると、台所は淋しく部屋は空っぽだった。がらんとした部屋にひとり座っていると、胸がふさがってきた。沈奉事はがばっと起き上がって、布団もなですり枕にも触ってみた。箪笥《たんす》の扉も開けてはバンと閉めたりしたし、針箱にも触って、妻の髪の毛をすいた櫛《くし》もぽんと落としてみたり、台所に向かってせんなく妻の名前を呼んでみたりした。

「おい、いるか。いったいどこにいるんだね」

返事がないので、立ったり座ったりしたあと、隣に出かけてのぞきこんでみた。

「うちの女房、こっちに来てないかね」

と口にしかけて、

――ほう、わしは気でも狂ったか。

と、がっくりして家にもどった。

このとき貴徳《キドギ》の母親が赤子を抱いて家にやってきた。

「ちょっと、奉事さん。この子のためにも気を確かにもちなよ」

「ああ、貴徳《キドギ》の母さんか。さあ、こっちにくだされ。これからもときどき清《チョン》に乳をよろしくねがいますぞ」

「今日は飲んだから、心配せんと寝かせなさい。あしたまた……、チッチッチッ」

貴徳の母親が舌を鳴らして帰っていった。

沈奉事《シムポンサ》は赤子を胸に抱え深い溜息をついた。寝ていた赤子が目を覚まして、オギャーオギャーと泣きだした。

「おう、よしよし、泣くでない。おまえのお母さんは遠いところに行ったんだ。おまえもお母さんが死んだのがわかって泣くのか。お腹がすいて泣くのか。おう、よしよし、泣くでない、泣くでない。夜が明けたらおっぱいをたくさんもらってやるからな。アイゴー、アイゴー、泣くでないといったら泣くでない。冷たくて情け容赦のない鬼神《キシン》めが、おまえのお母さんを連れていってしもうたわい」

いくらあやしても赤子は、オギャーオギャーと泣きつづけた。

沈奉事は夜通し赤子をあやしたり叱ったり、いっしょに泣いたりしつづけた。いつの間にか空は白々と明けてきた。

沈奉事は盲《めしい》なので見えはしなかったが、明け方井戸端のつるべの音を聞いてかけつけた。

「おかみさん方、うちの赤子に乳をやってくだされ。うちの女房の生きていたときの顔に免じて、母親を亡くした赤子にちょっと飲ましてやってください。おたくの大事なお子の飲み残した乳をちょっとやってくだされ」

小さな子のいる村のおかみさん方は、

「チッチッチッ、まあ、可哀想に。口元がお母さんにそっくりねえ」

と、惜しみなく乳を与えてくれた。

沈奉事《シムボンサ》はこうして五、六月ごろは草取りをする女たちが仕事の手を休めるあいまに頼みこんで乳をもらい、村の米搗《つ》き小屋で恵んでもらい、川端の洗濯場に出かけて乳をもらった。

あるおかみさんは泣きわめく沈清《シムチョン》をあやしながら、やさしく飲ませてくれたし、あるおかみさんは、

「さっきうちの子が飲んだので、もう出ないよ」

と、また今度来るようにいった。

乳をたっぷり飲んで腹がふくれると、沈奉事は陽当たりのいい丘のふもとにしゃがみこんで、赤子をあやした。

よしよしよし　わしの娘《こ》や
わしの娘は腹いっぱいじゃ、腹いっぱいじゃ。
これはだれのおかげか　おばさんたちのおかげじゃ。
泣いているのか、赤子や。笑っているのか、赤子や。

早く大きくなって母さんのようにやさしくなあれ、賢くなあれ。

お父さんには親孝行を。

小さいときの苦労は福の種。

トントントン、わしの娘や。息子より大事なわしの娘や。

守りばあさん、どこにいる。

預ける里はどこにある。


沈奉事《シムボンサ》は一日中赤子を預けるところもなく、貰い乳をしながら赤子を寝かしたあと、ひまひまに物乞いに出かけた。市のたつ日には店みせを回り、一文二文ともらって赤子のおやつに飴《あめ》やゆでた貽貝《いがい》も買った。

そうこうするうちに年月が流れて、沈清《シムチョン》は不思議なことに小さな病ひとつなくすくすく育って、歩けるようになり飛び跳ねるようになった。

沈奉事は目こそ見えなかったが、ひまひまに沈清に人としての道理や女の礼節を教え、若いころ習った文字も教えた。

歳月は流れて沈清はもう七歳になった。沈清は小さいころから行動が敏捷で親孝行だった。

そのころからもう沈清は朝夕の父の食事をつくり、母の祭祀《チェサ》の供物膳《くもつぜん》もひとりで準備ができた。

ある日、沈清は父のまえに膝をおって座った。

「お父さんは今日からお家にいてください。これからはわたしが出かけてご飯をもらってきて食事の心配がないようにします」

沈奉事《シムポンサ》は満足そうに笑いながら沈清《シムチョン》の頭をなでてやった。

「アイゴー、大人びたことを言うもんじゃ。おまえがそんなことを言うとはなあ。今日はお母さんのことが思えてならんわい。その言葉は嬉しいが、幼いおまえに働かせて、わしが座して食べてばかりいては気がすまないのじゃ。そんなことは金輪際《こんりんざい》言いっこなしじゃ」

沈清はもう一度ていねいにおねがいした。

「目が見えないから、ごはんを恵んでもらいにいって転んだら怪我をします。雨風の日や吹雪の寒い日は、風邪を引かないかと一日中心配になります。烏《からす》のような鳥も夕暮れには餌を運んできて母鳥にあげるといいます。人が鳥に劣るのでしょうか。わたしは七歳にもなったので、これからはわたしがお父さんを養います」

沈奉事はこの言葉にまけてしぶしぶ承知した。

「よしよし、おまえはえらい。おまえがどうしてもというなら、今日一度出かけてみなさい。一、二軒まわって帰ってきなさい」

沈清はその日の朝から飯を恵んでもらいに出かけるようになった。前山に日が昇り家々の煙突に煙のたつ頃ともなると、継ぎはぎだらけの服を着て、よれよれのポソン〔袋足〕のうえにちびた靴をはき、古いパガジをわきにはさんであちらこちらの家をまわってご飯を恵んでもらった。

「お母さんは亡くなり、お父さんは目が見えないのを知っておられると思います。召し上がるご飯を一さじだけ恵んでくだされば、お父さんがお腹がすかさなくてすみます」

あの村この村の人々は可哀想に思って、わずかであっても恵んでくれた。ときどきに入って食べていきなさいという人がいると、沈清《シムチョン》はこう言った。

「寒い部屋で年をとったお父さんが待っていますので、わたし一人食べていくわけにはいきません。早く帰ってお父さんといっしょに食べます」

こうして家々をまわって、ご飯一さじ、キムチ一皿もらい、たまると急いで家にもどってきた。

「お父さん、お腹すいたでしょ。たくさんまわってきたので遅くなりました」

沈奉事は娘を送り出してひとり家に座って待ちながら溜息をついた。沈清のもどる足音を聞くといそいで戸を開けて、

「おうおう、手が冷たかったろう」

と、両手をとって息を吐きかけてやり、足もさすってやり、舌をチッチッチッと鳴らして涙も浮かべた。

「アイゴー、つらかったろう。お母さんが生きていたら、おまえに飯をもらいになんか行かせるもんか。わしがしぶとく生きとるもんで、おまえに苦労ばかりかけるなあ」

そのたびに沈清は父を慰めた。

「お父さん、そんなこと言わないでください。子供が父母を養い、父母が親孝行してもらうのは理

智にかなうことですし人間としての道です。そんな心配はしないで食事をしてください」

そして父の手をとって、

「これはキムチで、これは醤油です。お腹がすいているでしょうから、たくさん食べてください」

といって、あれこれとおいしく食べられるように気を配った。

＊　＊　＊

沈清《シムチョン》はこうして春夏秋冬の別なく一年中飯をもらいにまわって父親を養った。毎日あの家この家でもらった飯をパガジ一つに混ぜ合わせたので、立派な五穀飯ができあがった。白米飯、豆飯、小豆飯、黍《きび》飯、とうもろこし飯をそれぞれもらって混ぜ合わせたので、沈奉事《シムポンサ》の家は毎日まるで正月十五日が来たようだった〔五穀飯を一月十五日に分け合って食べる習慣がある〕。

こうしてご飯を恵んでもらいながら、沈清《シムチョン》は一年一年と年齢を重ねた。十二歳になってからは、あちこちの家で村の娘たちといっしょに料理や裁縫を学んだ。その腕前は村一番だった。

そのころから村で祝い事のあるたびに料理を手伝ったし、家々をまわって縫い物をもらって賃仕事をした。駄賃をもらうと、父親の服やおかずにあて、祝い事のある家で残り物の料理をもらって父親の朝夕の食事をつくった。沈清は米が切れたときだけご飯を恵んでもらいに出かけた。

四　三百石の寄進米

沈清《シムチョン》はとうとう十五歳になった。沈清は生まれつき器量よしだった。襟をととのえて端座した姿は、雨の上がった渓谷に燕がとまったような風情があったし、容貌はといえば空にうかぶ月が水に映っているかのようだった。そのうえ立ち居振る舞いもいつも落ち着いていて親孝行で、何ひとつ申し分なかった。

隣近所でこんな評判でもちきりなので、隣村の張《チャン》元宰相の奥方様までときどき沈清を呼んで話し相手をさせたり、小間使いをさせたりした。奥方様はとうに主人と死に別れ、息子たちも官職について家を出ており、お屋敷でひとり書物を読んだりして淋しく暮らしていた。

あるとき奥方様が沈清を呼んでまえに座らせると、養女になってくれるようにと頼んだ。

「わたしには世話を焼いてやる孫もなし、がらんとした部屋で向かい合うものといえば蠟燭の灯りきり、読むものといえば書物きりだからね。おまえは両班の後裔《こうえい》でありながら暮らしが大変なのだから、わたしの養女になってみてはどうかね。礼儀作法も教えるし、読み書きも教えるし、わたしの老後の楽しみにもなるというもんだよ」

「低い身分のわたしを娘にしてくださるというお言葉、母に出会えたような嬉しさでいっぱいです。ですが、わたしがこちらに上がることになれば、わたしひとりは安楽で富貴になりますが、盲《めしい》の父の食事の世話をする者がいなくなります。わたしは母がしたように父に仕え、父は息子に頼るようにわたしを頼っていますし、信じ合って生きています。どうかお許しください」

奥方様は沈清《シムチョン》の返事を聞いてわが思慮の浅さが恥ずかしくなり、もうそれ以上その話は持ち出さなかった。

「さすがに天のつかわされた孝行娘だね。年寄りのわたしもそこまでは気づかなかった。でも、気持ちだけでもおまえとわたしが母娘のように思い合いながら生きていけたらと思っていますよ」

「ありがたいお言葉、つつしんでそのお気持ちにそえるようにいたします」

沈清は恭しくこう申し上げて、お辞儀をしてお屋敷を退いた。

＊　＊　＊

ある日のこと元宰相のお屋敷で祝い事があった。沈清は祝い事の支度を手伝っていて、いつもよりずっと帰りが遅くなった。沈奉事《シムポンサ》は部屋にひとり座って沈清の帰りを待っていたが、腹がへって腹の皮が背中にくっつきそうになるし、部屋は寒くて寒くてあごがぶるぶる震えた。沈奉事は遠くの寺から聞こえてくる鐘の音から日暮れを知ってひとりつぶやいた。

――もう日も暮れたというに、うちの清《チョン》はいったい何に夢中になっているのか。奥方様にとっ捕まってもどれないのか。それとも帰り道で友達にでも出会ったか。沈奉事《シムポンサ》は通りがかりの人に吠えかかる犬の鳴き声を聞いて、

――やっと清がもどってきたようだわい。

とぬか喜びをした。また、吹雪がたてる戸の音を聞いただけでも戸をバタンと開けてみたりした。

「清よ、もどってきたのか」

しかし庭には人の気配がなかった。

――ほっほう、またもやわしがだまされたか。どうしたもんか。あの子はどうしてこんなに遅いのか。

沈奉事はもういても立ってもいられなくなって、杖をさがすと柴折り戸を出た。ぼとりぼとりと杖をついて歩いていったが足が石の角につまずいて、流れる川にドブンとはまってしまった。這い上がろうと岸に向かうとまたおぼれて腰が抜け、また這い上がろうとすると、また溺れて川の流れにあごまでつかってしまった。もがけばもがくほどすべって、いよいよ深みにはまっていった。

「アイゴー、助けてくれ。助けてくれ」

いくら叫んだところで、日の落ちた道は人っ子ひとり通らず、助け出してくれる人間とているはずもなかった。

「あっぷ、あっぷ、桃花洞《トファドン》の沈鶴圭《シムハッキュ》ももうおしまいだ」

　このときちょうど村におりてきていた僧が、日も暮れたので寺への帰りをいそいでいた。夢雲寺《モンウン》の勧進僧だった。寺をあらたに建てるべく勧進帳を持って村におりたのだった。僧は雪におおわれた野辺をつっきって、ちょうど山道にさしかかっていた。石ころだらけの坂道をとぼとぼと登っていこうとしたとき、風に乗ってどこからか悲鳴が聞こえたようだった。

　じっと立ち止まって耳を澄ましてみると、また悲鳴が聞こえた。

「アイゴー、助けてくれえ。助けてくれえ」

　僧がいそいで悲鳴のするほうに駆けつけてみると、人が川で溺れて死にかかっている。とっさに僧は竹の杖と寄進袋を平らな大岩のうえにぼんと投げ出し、竹のカッ〔帽冠〕と僧衣をさっと脱ぎ捨てた。そしてパジチョゴリのすそをぱぱっとたくりあげると、氷のはった川に飛び込んだ。そして沈奉事《シムポンサ》の髷《まげ》をわし掴みにして引っぱって、どっこいしょ、どっこいしょと川から引き揚げた。

　沈奉事はやっと人心地がついて、寒さに震えてガタガタ歯音を立てながらも尋ねた。

「いったいどなたでしょうか。わたしを助けてくださったのはどこのどなたで」

「夢雲寺の勧進僧です」

「なるほど。人をお救いくださる仏様ですね。危ないところをお助けいただいて、まったく大恩をこうむりました」

　僧は沈奉事をおぶって、沈奉事の家に駆けていって部屋に座らせると、川にはまったわけを尋ねた。

沈奉事《シムボンサ》はわが身の不運を嘆き、ことわけをくわしく語った。すると、僧が独り言のようにつぶやいた。

「チッチッチッ、それは気の毒なことじゃ。目が見えるようになる方法が一つあるにはあるが……」

「えっ、この見えない目が見えるようになるんでございますか」

沈奉事は耳をそばだて、にじり寄って聞いた。

「さよう、見えるようになりますとも」

「ふん、お坊様。わたしは、だれがつこうと嘘はきらいですじゃ」

「いいや、仏につかえる身が嘘をついたりしますか。わが寺の仏様は霊験《れいげん》あらたかで、拝んで聞いてもらえないことなどありませぬ。寄進米三百石を仏様にお供えして真心こめてお祈りすれば、目は必ずや見えるようになりますぞ」

沈奉事は目が見えるようになると聞いて、わが家の事情はいっさいかまわず、即座に返事した。

「では、その勧進帳に桃花洞沈鶴奎《トファドンシムハッキュ》の名で寄進米三百石と書いてくだされ」

僧はあきれかえってハッハッハと笑った。

「そなた、これほどの暮らしなのに、どうやったら三百石の米がととのいますのじゃ」

「お坊様、だれが仏様に嘘偽りを申しましょうか。そんなことをしては目は見えるようになっても脚の立たぬ人間になってしまいまする。人を馬鹿にしないで、さっさとお書きください」

沈奉事《シムボンサ》はむしろ腹を立ててせきたてた。

「では、来月の十五日までに三百石の米を寺に運んでくださいますか」

「お坊様、ご心配めさるな。目は見えませぬが、ソンビ〔在野の儒学者〕のわたしに二言はありませぬ。はやく桃花洞《トファドン》沈鶴奎《シムハッキュ》とお書きくだされ」

僧は寄進袋から勧進帳を取り出し、一番上の段に「沈鶴奎 米三百石」と書きこむと引き揚げていった。

沈奉事が僧を送り出してから独りになって考えてみると、これはご利益をお願いしてむしろ罪を得るかっこうになった。三百石もの米をどうやって用意したものか、沈奉事自身思ってみただけでも気が遠くなった。

――おうおう、わしもとうとう気が狂ったようだわい。米三百石などと。

沈奉事は濡れた服を着替えようともせず、その場にへたりこんで地面がへこむほど深い溜息をついた。しばらくそうして座っていると、思いは千千に乱れ、悲しみがあとからあとから雲のようにわきおこってきて、とうとうこらえきれなくなって大泣きを始めた。

――アイゴー、アイゴー、わしの不運な八字《パルチャ》よ。空っぽの米壺を傾けたところで一枡《ます》の米も出てこないものを。箪笥《たんす》を探してみたところで、一文の銭も出てこないものを。あばら家を売ろうにも雨漏りのする家をだれが買い、この身を売ろうにも、わしも買いたくない身をだれが買うというのか。アイゴー、アイゴー、一寸先も見えぬわしの八字よ。仏様をだましたら脚が立たなくなるというのに。目の見えぬ男が脚まで立たなくなったなら、もう死んだも同然。むしろさっきあの川にはまって死んでいたほうがましだ。お坊様に出会って助かったばっかりに、かえって後悔することになった。

こうしてしばらく嘆いていると沈清《シムチョン》がもどってきた。沈清は父親の姿を見てびっくりし地団駄を踏みながら、父親の体をあちこち触ってみた。

「お父さん、いったいどうしたんですか。わたしを探しに出てこんな目に遭ったんですか。お隣に行ったんですか。お屋敷で祝い事のご馳走の支度をしていて遅くなりました」

沈清は簞笥《たんす》から服を取り出して着替えさせ、いそいで台所に立って火をおこし夕飯をつくった。

沈清はチマのすそで涙をぬぐって、お膳を部屋に運んだ。

「食事ですよ。体が冷えているから、温かいお汁から飲んでください」

しかし沈奉事《シムポンサ》は顔一面に心配そうな表情を浮かべ、箸《はし》をつける気もしないようだった。

「お父さん、どうしたんですか。どこか具合が悪いのですか。わたしが遅かったので怒っているんですか」

沈奉事はよけいなことをしておきながら、むしろ怒った。

「いや、おまえに言ったところで、どうにもならんのじゃ」

「お父さん、それはどういうことですか。お父さんはわたしを信じ、わたしはお父さんを信じて、大きなことも小さなこともなんでも相談しながらやってきたのに、それはなんという言葉ですか。親の心配事は子の心配事、わたしが十分な孝行はできないにしても、そんなふうに言うのは冷たすぎます」

沈清《シムチョン》は食卓のそばでしくしく泣きだした。

そこで、沈奉事《シムポンサ》はやっとこれまでの経緯《いきさつ》を話したうえで、

「わしがどうしておまえに嘘をついたりするもんか。おまえが聞いたなら心配するだけだから言わなかったまでだ。目が見えるようになると言われたので、わしは狂ってしまったのじゃ。一文の銭も一粒の米もない分際で、寄進米三百石がどこからわいて出てくるというのか」

こういって、床が抜けるほど深い溜息をついた。

沈清はその話を嬉しそうに聞いて父親を慰めた。

「お父さん、心配しないでご飯を食べてください。後悔したら真心が嘘になります。お父さんの目さえ見えるようになるのなら、寄進米三百石を用意して夢雲《モンウン》寺に納めましょう」

「ほう、おまえがいくらがんばっても、わしらのような貧乏暮らしでどうなるもんでもない。それではおまえまで罪を被ることになる。わしが今から寺に行って、申し訳なかった、寄進米のことは取り下げさせてくだされと言ってこよう」

沈清《シムチョン》はびっくりして父親の行く手をさえぎった。

「こんな夜更けにどこに行こうというんですか」

「いいや、取り下げにいってこそ、ぐっすり眠れるというもんだ」

「行くにしても夜が明けてからにしてください」

「わしは夜行こうが昼行こうが同じなんじゃ、こいつ」

沈奉事《シムボンサ》が押しのけようとするので、沈清はびっくりした。だが、

「行くには行っても一言だけ聞いてから行ってください」

と無理やり座らせた。

「むかし郭巨〔中国の親孝行息子の代表、二十四孝中の一人〕という人は二親《ふたおや》のお膳をつくると、わが子がそのお膳のわきにすわってつまみ食いするといって、わが子を生埋めにしようとしたところ、掘った穴から黄金の釜が出てきて、それで二親に孝養を尽くしたといいます。わたしの孝行はむかしの郭巨ほどできませんが、至誠《しせい》は天に通ずといいます。手に入れようと努力すれば、手に入る道もあるはずですから、あんまり心配しないでください」

沈清《シムチョン》はその日から家のなかをきれいに掃き清め、身をきれいに清めたあと、夜が更けてあたりが静まると、裏庭に灯明《とうみょう》をともし井戸から一番水をくんで祈った。

「お祈りいたします。お祈りいたします。天地神明にお祈りいたします。玉皇上帝様にお祈りいたします。神様のおつくりになったお日様とお月様は人にとっては目のようなものです。お日様とお月様がなければ、どうやって物の大小や白黒や長短を区別できましょうか。わたしの父は二十歳で失明して物が見られません。お父さんの過ちをわたしが代わりますから、どうか、お父さんの目が見えるようにしてあげてください」

五　父と別れる

ある日、清《しん》国の南京と往来して交易をする船乗りたちが、十五歳の娘を買いに来ているという噂が広まった。沈清は貴徳《キドギ》のおばさんに頼んで、娘を買っていくわけを尋ねてもらった。

「わしらが中国に商売に行くとき印塘水《インダンス》〔黄海道白翎島沖で潮流が複雑な航海の難所〕という深い海を渡っていかなければならないのだが、渡るとき供物をささげたら、荒れた印塘水の大海をぶじに渡りきることができるのだ。特に十五歳の娘を供物としてささげたら、商売でも数万斤の利益を上げることができるので、身を売ろうという娘さえいれば、金には糸目をつけずに買いたいのだ」

沈清《シムチョン》はこの話を聞くと、その日のうちに船乗りたちに会いにいった。

「三百石の寄進米をささげて真心こめて祈ったなら、目の見えないわたしの父の目が見えるようになるといいます。ですが、暮らしがままなりませんから寄進米が用意できません。わたしのような娘も買ってくれますか」

船乗りたちはこの言葉を聞いて目に涙をにじませて嘆いた。

「けなげな親孝行ではないか。可哀想に」

そして、今すぐにでも三百石の寄進米を夢雲寺《モンウン》に運んでやるといった。

「では、お坊様から受け取りをもらって、わたしの家に持って来てください」

「それは心配にはおよばない。来月の十五日に船が出るからしっかり支度をし間違いがないようにしなさい」

「大金で買われた身ですのに、どうして約束を破りましょうか。それこそご心配いりません」

沈清《シムチョン》は家にもどって、お父さんに三百石の寄進米を夢雲寺に送るから心配しないようにといった。

沈奉事《シムポンサ》はびっくりして後ずさりした。

「おまえ、そりゃどういうことだね」

沈清はやむなく嘘をついた。

「向こう村の張《チャン》元宰相の奥方様が先月わたしを養女にしたいとおっしゃったんですが、そのときはっきりとお返事ができませんでした。今の暮らしでは寄進米三百石がつくれないので、奥方様にお話して三百石で養女に入ることにしました」

沈奉事はそれ以上なんら怪しまず、その話を聞いてただただ喜んだ。

「こんな嬉しいことがあろうか。一国の宰相をつとめた方の奥方様だけあってさすがに違う。きっと福をたくさん授かるお方にちがいない。で、いつあのお屋敷に上がるのじゃ」

「来月の十五日に連れに来てくださるそうです」

「ほう、いい日だな。それなら、清《チョン》よ、わしはどうなるのじゃ」

「お父さんもいっしょにお連れするそうです」

「そりゃそうだろう。あんな立派なお方が目の見えないわしを放っておくわけはない。うん、よかったなあ。おまえは輿《こし》に乗って行くのだろうが、わしは何に乗って行ったもんか。金さんとこの山羊にでも乗って行こうか」

＊　＊　＊

その日から、沈清《シムチョン》は盲《めしい》の父親と永《なが》の別れをしこの世に生まれてわずか十五歳で死ぬのかと思うと、気が遠くなりそうだった。沈清は仕事も手につかず食事も喉を通らなかったし、一日一日が不安だらけだった。

しかしすでにひっくり返った盆の水だったし、弓束《ゆづか》から放たれた矢だった。定められた日がしだいに近づいてくると、

――こんなことではだめ。わたしが行くまえにお父さんの服をととのえおいてあげなきゃ。

と思った。そして、その日から春夏秋冬それぞれの季節の服を縫って箪笥《たんす》におさめ、カッ〔帽冠〕や網巾《マンゴン》もあらたにつくって壁にかけた。

すべての準備を終えてみると、もう旅立ちの前日になっていた。沈清は心をこめて一膳分のご飯をたいてよそい、おかずをあっさりとあえて、酒を杯一ぱいだけ壺につめて母親の墓参りをした。

墓のまえにお膳をお供えすると、胸が痛んで涙がおのずとあふれ出た。

「お母さん、真心こめて名山大刹に祈ってわたしを産んでくださったのですが、わたしをどうするつもりだったのですか。お腹にいた十月の苦労、産むときの苦痛はどれほどだったことでしょう。娘の顔もろくに見ないで息を引き取るときの辛さはどんなものでしたか。お母さんの真心のおかげで身寄りのないわたしも健やかに生きています。そのご恩に万分の一でも報いたくて、祭祀《チェサ》の日でもくれば心をこめて供養しようと思っていました。ですが、今はやむなく海中の淋しい霊魂になることになりましたので、名節《ミョンジョル》〔民俗的な祝祭日〕はおろか祭祠の日も、麦ご飯一膳すらお供えすることもかなわなくなりました。お母さん、お母さんは今のわたしの顔を知らないし、わたしもお母さんの顔を知らないので、あの世でもお会いする手立てもありません。アイゴー、お母さん。……娘の手で最期にお供えするお膳ですから、どうか、たくさんたくさん召し上がってください。」

お墓のわきにつっぷして忍び泣きしたあと、丁重なお辞儀を四度くりかえして墓をあとにした。沈清《シムチョン》は家にもどって父親にどう話を切り出したものか心配で涙を流した。

その夜、沈清は灯《あか》りのまえに正座して首をうなだれたまま深い溜息をついた。いかに天のつかわした孝行娘でも死のまえで心穏やかなはずはなかった。

しかし沈清はふたたび決意した。夜もふけて天の川ももう傾いたころ、

――お父さんのポソン〔足袋〕でも最期に縫ってあげよう。

針に糸を通すと、また胸がふさがって両目がかすみ気を失った。胸の内から嗚咽《おえつ》があとからあとか

らわきおこった。しかし父親が目を覚ましはしないかと、声を上げず唇をかんで忍び泣いた。父親の頬に頬をすりつけてみたり、父親の手足をさすったりしてみた。

――わたしが死んだら、お父さんはだれを頼って暮らすのかしら。物心がついてからというもの物乞いをやめたけど、明日からはまた村で物乞いだから、気を使ったり悪口をさんざん言われたりするに決まっている。明日のお日様が昇るのをくりつけて止められたなら、気の毒なお父さんのそばにもっといられるけど、お日様が昇ったり沈んだりするのをだれが止められよう。

まもなく一番鶏が鳴いた。沈清《シムチョン》はまた止めどなく涙を流した。

――鶏よ、鶏よ、鳴かないでおくれ。どうか、鳴かないでおくれ。おまえが鳴くと夜が明けて、夜が明けたならわたしは死ににゆくの。死ぬことは悲しくないけど、寄る辺ないお父さんを独り残してどうして行けるというの。

夜がしだいに明けてくると、沈清はお父さんに最期のお膳をつくってあげようとそとに出た。船乗りたちはもう柴折り戸のそとまで来てうろついていた。

「今日が船の出る日だぞ」

沈清はその声を聞くと顔が真っ青になり、手足から力が抜けた。喉がかわき目まいがした。

沈清はようやく船乗りたちを呼んで、気力をふりしぼった。

「今日が船出の日だということは、わたしもよくわかっています。ですが、わたしが売られていくということを、父はまだ知りません。最期のお膳をつくってあげて、お話してから行きます」

「そうしなさい」

船乗りたちは快く答えた。

沈清《シムチョン》は涙ながらにお膳をつくって父親に出して膳をはさんで向かい合ってすわると、塩物もほぐして口に運び、海苔でご飯をつつんでさじにのせて食べさせた。

「ご飯、たくさん食べてください」

なにも知らない沈奉事《シムポンサ》は食事をしながらいった。

「清《チョン》や、おまえ、今朝の飯はなぜこんなに早いのか。おかずもえらく上等だな。だれかが祭祠《チェサ》をあげたのか」

「針仕事をしたお金で魚をちょっと買ってきました」

沈奉事は喉がつまった。

「お母さんが生きていたときは、お母さんの針仕事の銭で魚を食ったが、今度はおまえの針仕事の銭で魚を食うんだな。このしぶとい命が死にもしないで魚を食うとはな」

「お父さん、たくさん食べてくださいね……」

沈清は涙があふれて、もうそれ以上言葉にならず、おいしそうなおかずを選んで口に入れてあげた。

「ほっほう、こりゃあ食い過ぎた。人様から恵んでもらって食う人間がこんなにいい目をすると、罰が当たりそうだ。まあ、嬉しいことだが、これからはこんな贅沢《ぜいたく》はいかん」

沈奉事《シムボンサ》はご飯やおかずをおいしそうにほおばりながら、

「ところで、清《チョン》や、おかしなこともあるもんだわい。昨夜夢で見たんだが、おまえが大きな車に乗って遠方にずんずん行ってしまうのじゃ。車というもんは高貴なお方が乗るもんだが、家に何かいいことが起こる吉兆だ。ひょっとして張《チャン》元宰相のお屋敷からおまえを輿《こし》で迎えに来るのかもしれん」

沈清はわが身が死ぬ夢だと思いながら言いつくろった。

「お父さん、その夢は正夢です」

「そうだ、正夢だとも。さあ、お膳をさげなさい。今日からは元宰相のお屋敷でうまいものが食えるぞ」

沈奉事は子供のようにさじをバンとおいて膳からさがった。しかし沈清《シムチョン》は父親が食べおえても涙がしきりにあふれて気が遠くなりそうで、食事が喉を通らなかった。

＊　＊　＊

沈清はお膳をもって台所に入ると、ひとりむせび泣いた。もはや父親に嘘をつけるわけはなかった。

沈清はよろよろと台所から出てきて、板敷きの部屋に座っている父親にわっとかけよって首に抱きついた。

「アイゴー、お父さん」

というと、その場に倒れこんで、そのまま気絶してしまった。

何も知らずゆっくりくつろいでいた沈奉事《シムボンサ》は、びっくりして沈清をゆり起こした。

「おい、清《チョン》よ、いったいどうしたんだ。朝飯がうますぎたから何かに食中《しょくあた》りしたのか。アイゴー、気絶してしまったわい。しっかりしなさい、清よ。アイゴー、もどかしい。さあ、正気にもどって何か言ってみろ」

沈清はほどなく正気にもどって正座すると、父親に語りはじめた。

「アイゴー、お父さん。わたし、お父さんに嘘をついていました。供養の三百石の米をただでくれる人はだれもいません。南京にゆく船乗りたちに印塘水《インダンス》の海への捧げ物としてこの身を売りました。今日がその船出の日なのです。お父さん、早く目が見えるようになって、最期のわたしを見てください」

沈奉事はその言葉を聞いて、白眼を上下させて驚き、しばらく言葉が出なかった。そして沈清の手をとって狂ったように打ち消した。

「アイゴー、なんだと。清よ、よくぞ言った。この世のどこの親父《おやじ》がわが娘を売って目をあけてくれと頼んだりするんだ。おまえが生きてわしの目があくのなら、そりゃあけっこうなことだが、わが子を死なせて目をあけるなんぞとうていできん。この馬鹿娘め。わしは目こそ見えないが、おまえをわが目だと思って、おまえの母親が死んでからなんとか生きてきたのに、これは一体何のまねだ。とんでもないことだ。おまえ、わしといっしょに死のう。おまえだけが死ぬなどとんでもない、とんでもない、とんでもないこった」

　そのとき船乗りたちが潮時におくれるので、さあ行こうと催促した。

　その声を聞いた沈奉事《シムボンサ》は、戸をバターンと開けはなって草履もつっかけないで飛び出すと、ののしりだした。

「やい、船乗りども、どこにいるんだ。どうしようもない下卑た野郎どもめ。商売もいいが、生きた人を買って祭祠《チェサ》をあげるとは何事だ。この野郎ども、おまえらは天罰が当たるぞ。盲《めしい》の独り娘を、幼い娘《こ》をたぶらかして買ったのか。金もいらん、米もいらん、目などあかんでよい。卑しい野郎どもめ、わしの娘は渡さん、死んでも渡さんぞ」

　沈奉事は胸板をドンドンたたき、地団駄を踏み、頭をガンガン地面に打ちつけ、必死で立ち向かった。

「みなさん、村のみなさん、こんなやつらを放っておくというんですか。ひどい船乗りどもをわしの手でひっ捕まえさせてくだされ。こいつらを殺してわしも死ぬ。村のみなさん、どうかこいつらを袋叩きにしてやってくだされ。独り娘のうちの清《チョン》を助けてくだされ。この盲を救ってくだされ」

　沈清は狂ったようにはねまわる父親をつかまえて、泣きながらなだめた。

「お父さん、今となってはもう仕方ありません。わたしは死んでゆきますが、お父さんは目をあけて明るい世の中を見て、いいおかみさんをもらって息子や娘を授かって幸せに暮らしてください。この不出来な娘のことは忘れて、心安んじて長生きしてください」

船乗りたちはこの気の毒なありさまを哀れに思い、沈清が死んでからも沈奉事《シムボンサ》が一生不自由なく暮らせるように米二百石と金三百両と反物《たんもの》五十疋《ひき》をさしだした。そして、村人たちにお願いした。

「この米と金は確かな人に貸して、まちがいなく利子をふやし沈奉事《シムボンサ》に毎年たっぷり渡るようにしてください。それにこの反物で沈奉事の季節季節の服をいつまでもつくってあげてください」

六　印塘水の海

船乗りたちが最後の始末をおえて、沈清《シムチョン》にさあ行こうと促すころになって、張《チャン》元宰相のお屋敷から使いがやってきた。奥方様が話を聞きつけて人をよこしたのだった。

沈清が船乗りたちの許しをえてお屋敷に上がると、奥方様が門のそとまで走り出て、沈清《シムチョン》の手を握りしめて泣きに泣いた。

「この冷たい子。わたしはおまえをわが娘だと思っていたのに、おまえはわたしのことを母親だと思わなかったんだね。おまえの孝行心は貴いが、生きて父親のそばで仕えるほうがどれだけ親孝行か。わたしに相談していたなら最初から助けてやれたものを。いまからでも三百石の米をあげるから船乗りたちに返して、そのとんでもない話を取り消しなさい」

これを聞いた沈清が奥方様に申し上げた。

「まえもってお話できなかったことは、今さら後悔してもいたしかたありません。それに父母のためには孝行をしながら、人様の財産をほしがったり三百石の米を返したりしたら、船乗りのみなさんの仕事が狂ってしまいますから、それもなりません。約束をした以上それを破ることは出来損ないの人間のすることですからお言葉に従いかねます。奥方様の天のようなご恩はあの世でお返しします」

沈清《シムチョン》が涙をこぼしながらこう切切と訴えると、その厳粛な表情に奥方様もどうしようもなかった。奥方様はもう止めることもならず握った手を放すこともならず、止めどなく涙をこぼすばかりだった。

＊　＊　＊

沈清は村外れにいたると、村人たちの手を取って父親のことを頼んだ。

「みなさん、おばさん。父の面倒をよく見てくだされば、ご恩は一生忘れません。わたくしの八字《パルチャ》が数奇ですので不自由な父をひとり残してゆきますことを不埒《ふらち》だと思われず、船乗りのみなさんがくださったお米とお金をうまく増やして、幸うすい父の面倒を見てくだされば、ご恩は魂魄《こんぱく》になってもお返しします」

村人たちは涙声になって口をそろえて、「きっとお世話するから」と承知してくれた。しかし村の娘たちはだれもが沈清の手をとって、心から涙を流して引き止めた。

「行かないで、清。わたしらは本当の姉妹のように仲良く暮らしてきたじゃない。三月にはノルティギ〔跳び板〕をし、五月の端午にはクネティギ〔ぶらんこ〕をし、七月七夕の乞巧《コルギョ》〔婦女子が牽牛織女の星に針仕事と機織りがうまくなるように祈る行事〕をしたのに、あんたが行ってしまったらだれといっしょにしたらいいの。あんたが行ってしまったら、隣近所で集まって糸車を回し、布をおって熨斗《のし》をかけたのを、いったいだれとしたらいいの。行かないで。どうか、行かないで……」

沈清《シムチョン》は、泣いて手をとって引き止める友達の手を握りかえして頼んだ。

「目の見えないお父さんを残していく今、どうすることもできないの。わたしたちがいっしょに過ごした日を忘れられないなら、どうか、ときどき家によって、可哀想なお父さんに水をくんできてあげたり煙草の火をつけてあげてね。ときどき家によって、もしお父さんが寝込んだら身の周りの世話もしてくれたら、あの世のわたしの魂もあんたたちに会うのと同じこと。わたしのお父さんを自分の父にするように世話をしてくれたら、きっと福を授かるからね」

いよいよ沈清が出立《しゅったつ》しようとすると、沈奉事《シムポンサ》は沈清をつかまえて、さらに狂ったように慟哭した。村人たちは、乾いた地面で海老がはねるようにはねまわる沈奉事を捕まえて沈清から引きはがして押し留めた。

沈奉事はぎゅっとひっ捕まえられたまま大声をはり上げた。

「清や、おまえはこのわしを殺してから行け。このまま行けるわけはないぞ。わしも連れていけ。おい、こいつらめ。アイゴー、わしの身の上がわかるだろう。女房を亡くしたうえに娘まで亡くすとは。アイゴー、どうしたらいいんだ」

沈清は船乗りたちに連れられて遠ざかっていきながら止めどなく泣いた。ほつれた髪の毛は両耳をおおい、雨のようにあふれる涙は襟をぬらした。

村人たちも老若男女だれもが抱き合いながら目がはれるほど泣いて散っていった。そのとき天も感じたのか、明るい陽射しは消え失せ、真っ黒い雨雲が天をおおった。青山《せいざん》も顔をしかめ、川の流れもむせび泣き、枝に映えた美しい花もなえ色をなくした。

尋ねよう、鶯《うぐいす》よ。だれと別れて鳴きたてるのか。
ふいに血をはいて鳴く不如帰《ほととぎす》よ。
明月の広い山も知らず、やるせなく悲しい声で鳴きたてるのか。
おまえがいくら枝のうえで行くなと鳴いても、
売られてゆく身がなぜもどろう。

一歩あるいては涙を落とし、二歩あるいてはふり返りしながら、沈清《シムチョン》は河岸にたどりついた。船乗りたちは舳先《へさき》に板をさしだして沈清をそこに座らせると、碇《いかり》をひきあげ帆を揚げた。すぐに太鼓をドンドンドンと打ち鳴らして「オギヤ、オギヤ」と声を張り上げると、櫂《かい》をこいで流れに船を乗りいれて去っていった。

広い川面に荒波がドブーン、ドブーンとぶち当たり、鷗は芦原を飛び交い、波うつ流れの音にまじって聞こえてくる舟歌には、この世の八苦がこめられていた。

河口をよこぎると、広々とした海が広がり水深はふかまった。大海を行きかう交易船は順風に帆かけて太鼓をドンドンドンと打ち鳴らし、水夫《かこ》たちは「オギヤ、オギヤ」と船をこいだ。

空に雲がもくもくとわいて走り、にわか雨になってぱらぱらと涙のように海面にまきちらした。

＊　＊　＊

船乗りたちは船のうえで寝起きして、船のうえで飯を食べ、来る日も来る日も船をこいでいった。暴風雨で風波が高いときも、雲がきれて陽射しが明るくさす波の静かなときも、船はいつ果てるともなくこぎつづけて進んでいった。

――海でもう何日寝たことか、船でもう何日食べたことか。

沈清《シムチョン》は舳先《へさき》にすわって嘆きながら過ごした。

沈清は夜もよく眠れなかったし、昼は昼でよく眠れなかった。果てしない船旅に疲れはて、うとうと眠ってはハッと驚いて目をさました。ちょっと目を閉じただけでも鬼神《キシン》たちがやってきた。あるときは夢か現《うつつ》かわからないときに現れた。

鬼神によっては暗い竹林をかき分けてやってくるものもいた。経帷子《きようかたびら》を着て竹林から出てきた二人の女が悲しそうにむせび泣いて、舳先《へさき》にすわった沈清に手をふった。

――そこをいく沈お嬢さん、はるかな船旅、達者でお行き。

また、あるときは海原のまっただなかで風雨がおそってきて寒気にぞっと包まれたかと思うと、

甲冑《かっちゅう》をまとった将軍が現れた。将軍がいきなり元結をといて髪をふり乱し、

「恨めしいことだ、沈清《シムチョン》よ。おまえとわしが同じ道を行くとはなあ。わしはこのままあの世にも行けない怨霊《おんりょう》となって留まっているが、おまえは遠い道を気をつけていって高貴な身分になるんだぞ」

と慟哭《どうこく》しながら消えていった。

――これはいったいどういうことだろうか。死んでゆくわたしにむって高貴な身分になれなんて。気をつけて行ってこいなんて。これはきっと、わたしが死ぬという証だわ。

沈清は一瞬でも目を閉じると鬼神《キシン》があとからあとから現れるので、片時も眠っていられなかった。覚めていても紺碧《こんぺき》の潮が押し寄せてくるようで堪えられなかった。しかも途中で溺れ死のうにも、船乗りたちに見張られていて、逃げ出そうにもあたり一面が海原だった。もうどうすることもならず沈清は舳先《へさき》にくくりつけられようになって座っていた。船はそんな沈清を乗せ、ドンドンドン、ドンドンドンと太鼓の音に合わせてどこまでも海原を進んでいくのだった。

＊　＊　＊

あたり一面の海原だったが、船はとりわけ深い藍の海に近づいていった。ここがまさに印塘水《インダンス》の海だった。船乗りたちは帆をたたみ碇《いかり》を降した。

そのときいきなり激しい風が吹きつけた。海が身をよじり、まるで数十匹の龍が入り乱れて争って

いるようだった。風が吹き波がわき、霧と雨に周囲がおおわれ、広い海原の真ん中に船が閉じこめられてしまった。あたり一面闇に閉ざされ、舳先《へさき》はドンドン、波はドブンドブン、帆もギューギューとしなり櫂《かい》はどこかに持っていかれ、帆綱も切れてしまった。もう気も動転するほど危険がせまると船乗りたちもおじけづいてしまった。

船乗りたちがいそいで告祠《コサ》〔願い事の成就を祈る儀式〕の支度をして供物をととのえた。綿で飯の形をつくり酒甕《さかがめ》を用意し、大きな牛をほふった足やら頭をそのまんま供え、豚もほふって丸ごとゆがき大包丁をつきさした。そして三色の果物〔栗・棗・松の実または柿〕と五色の汁物、そのほかありとあらゆる肉類、果物や食醯《シッケ》〔甘酒に似た飲み物〕をととのえた。さいごに船乗りたちは沈清《シムチョン》を沐浴斎戒《もくよくさいかい》させ、白装束に着替えさせると、祭壇のまえに座らせた。

ついに船頭がしらがまえに進み出て太鼓をたたき告祠をはじめた。

ドドンドドンドン、ドドンドドンドンドン

「わたしたちは交易を仕事にし、十歳過ぎから潮に乗って海を行き交っております。印塘水《インダンス》の海の龍王様には人間の供物、黄州《ファンジュ》桃花洞《トファドン》にすむ十五歳の沈《シム》少女を捧げます。どうか龍王様におかれましては大切にお受け取りください。千里の海路をわたるあいだ、盥《たらい》にくんだ水のように溺れることもなく財宝を失う心配もなきよう、よろしくお祈り申し上げます。億の利益をあげ笑い舞い踊りながらもどられますようお導きください」

ドドンドドンドンドン、ドドンドドンドンドン

船頭がしらは呪文を唱えおえて沈清《シムチョン》にうながした。

「沈清よ、早く海に飛び込め」

沈清は合掌して起き上がって祈った。

「お祈りします。お祈りします。玉皇上帝と西海《ソヘ》〔黄海〕の龍王様にお祈りします。わたしは死ぬことは怖くありません。盲《めしい》の父親の深い恨《ハン》を解きたくて死にますので、どうか、父の目を見えるようにしてください」

涙がてらに祈りおえて、沈清は船乗りたちに尋ねた。

「桃花洞はどちらの方角でしょうか」

船乗りたちが手をあげて一つの方向を指し示すと、沈清はそちらにむかってもっとも丁寧なお辞儀をした。

「お父さん、わたしはただ今から入水《じゅすい》します。どうか、見えない目があいて、親不孝なわたしのことは忘れてくださいませ」

お辞儀をしたあと船乗りたちに頼み事をした。

「船乗りのみなさん、ぶじに航海をおえて億ほどの利益を上げてください。帰りに桃花洞《トファドン》によって父が目が見えるようになったかどうか確かめてください。つぎにここを通るときわたしの魂魄《こんぱく》を呼んで消息をお知らせください」

「きっとそうするから心配するな。早く海に飛び込め」

また船頭がしらが催促した。

沈清はおずおずと舳先《へさき》のとっ先に歩みでて、真っ青な海を見下ろした。沈清《シムチョン》は気が動転して後ずさりしてへたりこんでしまった。しばらくして気を取り直して船端をつかんで立ち上がったが、飛び込むことなどとうていできそうになかった。沈清はチマのすそを握りしめて、あちこちよろめいたが、ついに気力を引きしぼって海にどどっと身を躍らせた。

沈清がドブーンと海に飛び込んで海に飲み込まれるさまは、まるで白い一輪の花が海中に吸いこまれていくようだった。と同時に風雨が嘘のように静まり波浪も穏やかになった。黒い雨雲はぬぐったように消え失せ、澄みきった青空が見えてきた。

「告詞《コサ》をあげたあと、こんなに天気がよくなるとは、沈少女のおかげではないか」

船乗りたちは船頭がしらの言葉にうなずきながらも、悲しみを抑えることができなかった。

「もう商売から足を洗おう。商売もいいが、人を買って海に捧げたりして先々いいことがありっこねえ。とうてい目にしてはならねえものを見ちまって、どうして気持ちよく暮らせるんだ」

そのとき船頭がしらが失意に沈んだ船乗りたちに催促した。

「さあ、酒をいっぱいやり一服したら、いそいで出発だ」

船乗りたちは碇《いかり》を引き揚げ、帆をかけなおして、はるかな南京めざして印塘水《インダンス》の海をあとにした。

七　沈清、龍宮にゆく

沈清《シムチョン》は大海に飲まれたとき自分は死んだものと思った。ところが、海に飛び込んだのに沈まないで浮いて漂っていた。すると、どこからか薫風が吹きわたり、澄みきった笛の音が殷々《いんいん》と聞こえてきた。

　つづいて鮮やかな虹色につつまれた仙女たちが、帆もなく櫓《ろ》もない小舟に乗って近づいてきて沈清を引き揚げた。玉皇上帝が、沈清が身を投げたらすぐにしっかり受け取めて丁重にお仕えするよう命令を下していたのだった。

「あすは孝行娘の沈清が印塘水《インダンス》の海に身を投じるはずじゃ。西海《ソヘ》〔黄海〕の龍王は沈《シム》少女の体に一滴の水もつかないようにして龍宮に連れてゆき、三年間よく世話をしたのち人間界にもどすようにいたせ」

　こうして西海の龍王がつかわした亀、鯨、鯛、蛸、鮫、水蛸、石首魚《いしもち》、鯔《ぼら》、河豚《ふぐ》、飛魚、鰹、太刀魚、平目、鯖、明太、鱒、藻屑蟹など、あまたの海の臣下たちや、百万の魚の兵士たちが沈清が海に飛び込んだとたん、自分たちの体で沈清を受け止めたのだった。そしてついに仙女たちが沈清を舟のうえに引き揚げたのだった。

「わたしを助けてくださるとは、いったいどういう仙女の方たちですか」

沈清《シムチョン》は気が遠くなって言葉も出なかったが、なんとか気力をふりしぼって聞いた。

「わたしたちは龍王様のおそばに仕える侍女で、あなたさまにお仕えしなさいというご命令を受けてやってきました」

仙女たちはいつ用意したのか宝石仕立ての輿《こし》をさし示した。

沈清は気をとりなおし身をおこしてお断りした。

「わたしは世俗の卑しい人間です。わたしは龍宮の輿に乗る身分ではございません」

何人かの仙女が沈清に恭しく申し上げた。

「玉皇上帝様のきびしいご命令です。もしお乗りにならなければ、わたしたちの龍王さまが罪を得ることになります。どうかご遠慮なさらずお乗りください」

沈清はそこでやむなく輿に乗り込んで身づくろいをととのえ、背筋を真っ直ぐにのばして座った。するとたちまち洗われたように心が爽快になり、身は飛ぶように軽くなった。

一行のうち八人の仙女が輿をかつぎ、六頭の龍がそばにつき従い、海の将軍と兵士たちが護衛し、海底に道をつくり龍宮へと向かった。龍宮が近づくと、鶴に乗った神仙たちや雲に乗った仙女たちが笛をふき、コムンゴ〔琴に似た弦楽器〕をかきならし、横笛をふき、奚琴《ヘグム》〔胡弓〕をひき、歌をうたって沈清を迎え入れた。

龍宮は人間界とはまるでちがった別天地だった。海中の雲のうえの高く荘厳《そうごん》な宮殿は、鯨の骨をかけて大梁とし魚の鱗を集めて瓦となし、そのめでたい瑞気《ずいき》があたりをおおっていた。高価な宝物でかざりたてた宮殿は空の色と溶けあい、身にまとった衣裳は人間界の衣裳とは比べようもなかった。

宮殿の東側は藍より青い紺色を背景に鳳凰《ほうおう》がまいとび、西側では青い波のなかを一対の鶯がとびかい、北側にそびえたった山は翡翠《ひすい》色をおび、真上は瑞雲のうかぶ空で、右側が人間界にむかって広がっていた。

沈清《シムチョン》一行は荘厳華麗な門をいくつかすぎて、西海の龍王のまえに進み出た。龍王のまわりには瑞雲と霞がかかり、沈清の心は乱れ迷いとまどった。

仙女たちが進み出て沈清の体をささえて板敷きの間にあげ、北側高くすわった龍王のお出ましを待った。

「ごあいさつをなさいませ」

沈清は頭をふかぶかと下げて恭しくお辞儀をした。

「顔をあげよ」

龍王が慈悲深い声でおおせられた。

沈清が顔をあげて見上げると、龍王様は長い冠をかぶり、青い緞子《どんす》の袞龍袍《コンリョンポ》〔王様が儀式のときまとう正式な衣裳〕をまとい、白い宝石でつくった扇子をもって金の玉座に堂々と座っておられた。そのお姿はまことに厳かでうっとりするほどだった。

「さすがに天のつかわされた孝行娘である。そなたの孝心とどうよう容顔もまた美しい。玉皇上帝様がそなたをよく世話して人間界に送り返すようおっしゃられたので、わしはそのご意志に従ったまでじゃ。安心してゆっくりしてゆくがよいぞ」

こうして沈清は龍宮に留まることになった。

西海《ソヘ》の龍王様は沈清のためにとくべつに離宮を用意してくださった。そして東西南北の四海の龍王様のつかわした侍女たちに、沈清の寝食や衣類や遊びに不足ないよう常にお世話をさせ警護させた。

高価な宝物に飾りたてられたお屋敷で暮らし、人間界とは比べ物にならない衣裳を着て、あけくれ神仙の料理を食べながらも、沈清は父親に会いたい気持ちをいつも抑えることができなかった。

＊　＊　＊

このころ沈奉事《シムボンサ》はわが娘を失いながらも、みずから命を断つこともならずかろうじて生きていた。桃花洞《トファドン》の村人たちは沈清が世にもまれな孝行心で海に身を投げたことを不憫に思い、川辺に石碑をたて文字を刻んだ。

盲《めしい》の父親のために
身をささげて龍宮に行く。

霧深い海に
その魂だけが浮いているとは。
年々生《お》う草にも悲しみがにじむ。

川辺をゆく人々のうち碑文を読んで涙しない者はなかった。沈奉事《シムポンサ》もわが娘を思い出すたびにその石碑を抱いて泣いた。

——アイゴー、わしの娘、清《チョン》よ。おまえは立派な父母のもとに生まれることもなく死んでしまったなあ。おまえが本当にこの父親を思ってくれるなら、一時もはやく連れに来てくれ。高い松の木の枝に首をくくって死のうにも無理やり死ねるもんでもない。もう生きるのも面倒で目があくのもどうだっていい。早く連れに来てくれ。

夜には家にもどって泣き、昼は川辺に行って慟哭し、石碑のまえに倒れこむことが一度や二度ではなかった。

＊　＊　＊

村人たちはこんな沈奉事を哀れに思って、隣村にひとりで暮らす寡婦《やもめ》のペンドギを後妻に当てがおうとした。

ペンドギは、桃花洞《トファドン》の人々が沈奉事《シムポンサ》の金や米を着実に増やしてやり、沈奉事の蓄えが年々確実に増えているという噂をまえから聞いていた。ペンドギはしめしめとばかりに、村人が正式に仲人ばあさんを立てるまえに自分から押しかけて、たっぷり愛嬌をふりまき沈奉事をひっかけようとした。

沈奉事はペンドギが毎日のようにやってきて、鸚鵡《おうむ》のようにくり返す言葉を聞いて、

――ほう、声があれほどきれいだから、口の格好も顔だちもさぞかしきれいなことだろう。

と、まよわず妻に迎えた。

しかしペンドギは醜女《しこめ》だったし、名前どおり〔ペンドク＝気まぐれにかけてある〕振る舞いもちゃらんぽらんだった。米で餅を買い、反物で酒を買い、欲深く、粗探しが得意でしょっちゅう人の悪口をいい、ありもしない作り話をして人々を仲違いさせ、夜は村に出かけ、昼は男たちのたむろする東屋で腹をだして昼寝し、酒に酔っぱらって真夜中にだれが死んだかと思うほど泣きわめき、空っぽの煙管《きせる》を手にして通りがかりのだれかれなしに煙草をくれといい、歯ぎしりし、葬式をあげている家に出かけて喧嘩をし、新郎新婦の新房《シンバン》の戸にそっと近づいて、いきなり手をうって「火事だ」と叫んだりと、この世のろくでもないまねは全部しでかす女だった。

その根性も並みではなかった。口をゆがめるときも口をひねくり、人をにらむときも目をとびださせ、怒って鼻をひくつかせるときも鼻が四角になった。いくら感情の起伏が激しいといっても、これほど激しい者はちょっと見当たらなかった。

しかし沈奉事はなにも知らなかった。いくら目が見えず姿形はわからないとしても、その振る舞い

や性格はわかりそうなものだが、最初声だけ聞いて、
――こんな蜂蜜の壺がどこから転がりこんだのか。
と惚れこんでしまったのだ。そのうえ妻を亡くし娘を亡くした盲人の独り暮らしでさんざん苦労を味わったものだから、ペンドギが暮らしのことをすべて引き受けるといった言葉がもう嬉しくてたまらなかったのだった。

沈奉事《シムポンサ》はときおり沈清《シムチヨン》の石碑のまえにいって、魂を失ったようにへたりこむほかはそとに出かけることもなくなったので、ペンドギの振る舞いがどんなものか村人から聞く機会もなかった。沈奉事はチャンスン〔道端や村の入口にある魔除けの木像〕のような顔も絶世の美女と思い込み、とたんに乞食におちる暮らしも、先妻のほっぺたをはるくらいうまく切り盛りをしているものと固く信じ込んでいた。ところが、暮らし向きはペンドギの不行跡《ふぎようせき》によって日に日に傾いていった。

* * *

ある日のこと沈奉事はふっと気になって銭箱を開けて確かめてみると、葉銭《ヨプチヨン》〔小銭〕の一枚も残っていなかった。米櫃にあふれていた米もいったいどこにいったのか、底に一握りほどしか残っていなかった。沈奉事《シムポンサ》は思い余ってペンドギを呼んで座らせると聞いた。

「おまえ、むかしうちの暮らしぶりは堅実だとだれもがほめてくれた。ところが、銭箱に金の一枚

もないが、これはいったいどうなっているんだね」

ペンドギはしらをきって、目を笹のように細長く伸ばして言いつくろった。

「男はこんなに所帯のことを知らないんだから。これまであんたのために酒を買い、肉を買い、煙草を買い、餅を買い、服を買ったからじゃないですか。男というのはいらいらさせるもんだね」

沈奉事《シムボンサ》は内心怒りがこみ上げたが、両班《ヤンバン》なので顔には出さずホッホッホッと笑った。

「わしは酒に煙草に肉と、えらくたくさん買ってもらったようじゃ。まあ、もうすんだ話だからその話はそのくらいにして、向こう村の金《キム》老人にあずけた百両をもらってきておくれ」

「アイゴー、あんた。あのお金はとっくに取りにいって、五十両は酒幕《チュマク》の解酲酒《ヘジャン》の払いに、あとの五十両は餅代にしましたよ」

沈奉事はもう我慢がならず怒りがこみあげてきた。これまでちょっとおかしな素振りがあっても、ほかに頼る者もない立場でこらえにこらえてきたが、とうとうその怒りが爆発した。そうでなくても、新妻から金や米の話を聞いただけでも、沈清《シムチョン》のことが思われて骨がうずくほどなのに、みんな酒代餅代に当てたと言われては、両班の体面などどこかに吹っとんだ。

「アイゴー、いったいどうしたことじゃ。このできそこないのペンドギめ。独り娘の清が印塘水《インダンス》の海に身投げにゆくとき、目の見えない父親が年とっても飢えないようにと置いていった金を、おまえがなんだってみんな使ってしまうんじゃ。出ろ、出ていけ、こいつめ。

アイゴー、清や。千金にもあたいするわしの娘よ。もしあの世にいっておまえのお母さんに会ったんなら、おまえたちのいるところに早くわしも連れてってくれ。目があくのもどうだっていいし、もうこの世に生きるのも面倒くさくなった。早くわしを連れに来てくれえ」

沈奉事《シムボンサ》はその場にへたりこんではげしく慟哭《どうこく》した。すると、ペンドギが部屋の戸をバタンと開けっ放して庭に駆け出したかと思うと、村人に聞けよとばかり大声を張り上げた。

「アイゴー、アイゴー、村のみなさん方。わたしの話を聞いてください。この世でしたくないのが再婚です。死ぬほど尽くそうと思ったのに、その苦労はわかってもらえず、朝から晩まで死んだかみさんと娘ばかり持ち出すのでたまらんです。アイゴー、アイゴー、村のみなさん方。辛くて悔しくてたまらんです。ペンドギはたまらんです。もう、たまらんです」

ペンドギはまるでだれかが死んだかのように、いかにも悲しそうにあっちこっちにむかってわめきちらした。

沈奉事は怒りにまかせて罵《のの》り声を張り上げたのだったが、ペンドギの声を聞いて恐ろしくなり、また村人の手前恥ずかしくもあり、ペンドギをおしとどめた。

「おい、ペンドギや。おれたち夫婦間のことに村の衆まで巻き込むことはあるまい。それだけ言ったらもう気がすんだろうから家に入って静かに話そう」

沈奉事はペンドギにまで去られたら、もう本当に身寄りのない乞食のなかの乞食になるしかないので、両目をぎゅっとつぶってなかったことにしペンドギを連れて部屋にもどった。

すると、ペンドギはいつわめきたてたかというように、ぴたっと泣くのをやめて狐のしっぽのよう

に声を長くのばして、

「あんたあ」

「うん、なんだ」

「わたしはもう近いうちに死にそうです」

「何だと」

「どう考えても、もうこれ以上生きられそうにありません」

沈奉事《シムポンサ》はなんとかそばにいるペンドギまで、どうにかなってしまうのではと恐くなって、身を乗り出して聞いた。

「おまえ、ペンドギや。どこか悪いのか」

「ほかでもないのよ。先月から食べ物さえ見たら吐き気がするし、酸っぱい物を見たら欲しくなるので、何かあるかもしれません」

「そうか。それは身籠《みごも》ったのではないか。で、酸っぱい物を食べたいときは何を食べるのか」

「杏《あんず》を買って食べます」

「そうか。杏はどのくらい食べたのか」

「杏代が七十三両もかかりました」

「ほっ、えらくたくさん食べたもんじゃ。もうすんだことだから、今さらとやかく言っても始まらん。ともかくわしらは息子であれ娘であれ一人だけ生もう」

しかし一月たち二月たち、十月たちしても子の生まれる兆しはまるで見えず、蓄えが減るいっぽうでまたまた乞食暮らしにもどった。

沈奉事《シムポンサ》は村人たちに恥ずかしくて顔をあげて歩くこともできなかった。そこで、とうとう家といくらも残っていない家財道具をぜんぶ売り払って、ペンドギともども他郷をさすらうことになった。

＊　＊　＊

さて、龍宮での三年間は人間界の三年間とちがってあっという間に時がたった。玉皇上帝が西海《ソヘ》の龍王を呼んで、また命令を下した。

「沈清《シムチョン》の嫁ぐ日が近づいたゆえ、もう一度印塘水《インダンス》の海に送り返せよ」

西海の龍王は侍女たちに命じて、沈清を宝石仕立ての輿《こし》に乗せ印塘水の海に送り返した。侍女たちは海上につくと沈清を舟にうつした。そして沈清が身を投げたその海まで来ると、

「ここが沈お嬢様が身を投げたところですから、ここでお別れしましょう」

と侍女を二人だけ残して、ふっとかき消えてしまった。

すると、たちまち舟は大きな花びらに変化《へんげ》した。海にぷかぷか浮いた花びらは、五色の虹が周りにかかり、風が吹いても雨がふってもびくともしなかった。

沈清は花のなかでお腹がすいたり喉がかわくたびに、花びらに結んだ露をのんだ。すると、不思議

なことにたちまちお腹がいっぱいになり気持ちがしゃんとした。人間界の者が一度飲むだけで万病が直るという甘露水だった。

＊　＊　＊

南京に行っていた船乗りたちが何万両もの利益をあげて国にもどる途中のことだった。船乗りたちは印塘水《インダンス》の海域につくと、船足を止め供物をきっちりととのえて、ふたたび龍王様に祭祠《チェサ》をあげた。

「わたしども一行の望みをお聞き届けくださり、ありがとうございました。わたしどもの真心からの供物を、どうか、お受け取りください」

船乗りたちは龍王に祭祠をあげたのち、また供物をととのえて沈清《シムチョン》の御霊《みたま》を呼び出して慰めた。

「親孝行な沈少女は父親の目があくようにと、幼い年齢にもかかわらず死をおそれず、海中の孤独な御霊になりましたので可哀想なことであります。わたしどもは沈少女のおかげで巨万の富を積んでもどってまいりましたが、沈少女の御霊はいつの日にもどることでしょうか。わたしどもは沈少女の望みどおり桃花洞《トファドン》に出向いて父親の無事息災をこの目で見てきます。一杯の酒で慰めますので、もしこれに気づけば、御霊はこの酒をお召し上がりください」

祭祠《チェサ》をおえてふと海を見ると、大きな花びらがひとつ大海にぷかりと浮いていた。

船乗りたちは不思議に思って口々に言い合った。

「きっと沈少女の魂が花になって浮いているのだろうよ」

櫂《かい》をこいで船を近づけると、そこははたして沈清《シムチョン》が身を投げた場所だった。船乗りたちは心を動かされ、丁重に花びらを引き揚げた。蓮の花びらは牛車の車輪くらいの大きさで、二、三人なら十分乗れそうだった。

「この花はこの世にはない花だ。奇妙で不思議なことだ」

船乗りたちがこの花を丁重に扱って船を進ませると、不思議なことに船足が矢のように速くなった。

船乗りたちは国にもどって何万両という財物をそれぞれに分けた。ところが、船頭がしらはどういうつもりか、財物には目もくれず花びらだけを欲しがった。そして、わが家に持ち帰ると、清らかな場所に祭壇をつくってそこに祭った。すると、花の香りが家中に満ちあふれ、あたりは常に虹につつまれた。

八　王妃になった沈清

　このころ王様は、王妃様がお亡くなりになったあと、まだ新しいお妃をお迎えでなかった。王様は宮廷の庭園をありとあらゆる草花で埋めつくして、草花を友として過ごされていた。

　花はじつに色とりどりだった。澄んだ池面に浮かんだ紅の蓮花、月夜の深夜に高い香りをはなつ梅花、あちこちに色とりどりに咲く桃花、美しい女性の爪をそめる鳳仙花、初霜がおりるころ咲く菊花、貴賓とともに楽しむ牡丹、足元に白く雪のように舞い落ちる梨花、深山の岩陰に咲くしゃくやく、蘭、芭蕉、さつきつつじ、百日草、そのあいだに、しいの木、くるみの木、ざくろの木、すももの木、なつめの木、林檎の木、朝鮮五味子《ごみし》の木、からたち、柚子、葡萄、猿梨、山葡萄、あけびの蔓などがゆらりと揺れ、いくえにも植わっていて、季節ごとに見物された。

　風がさっと吹きわたれば、香りが庭いっぱいにたちこめ、花びらが色とりどりに散りしき、蜂、蝶、鳥や栗鼠《りす》たちが舞い歌った。王様は楽しそうに来る日も来る日も庭園をめぐって眺め暮らされた。

　船頭がしらはこんな王様の噂話を聞いて、印塘水《インダンス》の海原で手に入れた花を王様にささげた。

王様はその花をたいそう喜ばれ、魂を奪われたようにあきず眺められた。花の色はあでやかで日と月の色のようであり、香りは香りで何物にもたとえようがなかった。あたりはつねに赤い霧に包まれていて、めでたい瑞気がたちこめ、この世の花とは思われなかった。まるで仙女が今しも天から舞い降りてきて舞いをまっているようだった。

王様はその花を花壇に移して、ためつすがめつ昼となく夜となく眺め暮らした。

この花をまえにすると牡丹や蓮の花さえ色を失った。梅、菊、鳳仙花もこの花に仕える侍女のようだった。王様はほかの花々はうちやってこの花ばかり愛《め》でられた。

ある日のこと、王様は深夜に寝つけず月を眺めながら花園を散策した。月光は園内に満ち、そよ風が吹きわたっていたが、ふとその花がゆれて蕾《つぼみ》がそっと開くと、何かしら人声が聞こえた。

王様は身を隠してそっとうかがった。美しい仙女が花の蕾《つぼみ》のそとに顔をなかば出したが、人影に気づくと、また蕾のなかに顔を隠した。王様はこのようすを見て、不思議な気がしてもう一度よく見ようとなさったが、いくら待ってももう出てくる気配がなかった。そこで、近づいて蕾をそっと開いてみると、一人の美女と二人の侍女がしとやかに座っていた。王様はしばらく呆然と魂を失い、やがて尋ねられた。

「そこもとたちは鬼神《キシン》か、それとも人間か。どうして花のなかにじっと座って余を愚弄《ぐろう》いたすのか」

美人は恥ずかしそうに恭しく両手を顔のまえで組み、腰を落としてあいさつをし、二人の侍女はいそいで花から出てきて地面に額づいた。

「わたくしどもは西海《ソヘ》〔海黄〕の龍宮の侍女でございます。沈《シム》お嬢様をおつれして人間界にやってまいりましたところ、こうして大王様のお姿を拝謁することになりました」

王様は心の内で思った。

――玉皇上帝がめでたい縁をお送りくださったようだ。天の授けた志を受けなければ、好機を逃すというものだ。

王様はあくる日さっそく臣下たちを集めて、沈お嬢様を後宮《こうきゅう》として迎えることを伝えた。臣下たちは額づいて王様のご意向に従い、吉日をえらんで婚礼をとり行うことにした。王様は文武百官にむかって、

「こういうことはかつて例のないことゆえ、礼儀作法にかくべつ留意するように」

と述べられた。その威厳もこれまで見せられたことのないものだった。

いよいよ婚礼の日を迎えた。王様が式場に出てみると、花のなかから二人の侍女が沈お嬢様の両脇をささえて進み出た。

沈お嬢様をつつむ五色の虹はじつにまばゆく目がくらむほどで、見続けることなどとうていならなかった。

まことに国一番の慶事だった。王様は国中の罪人たちをのこらずご赦免になり、南京にいってきた船頭がしらには並外れた褒美を取らせた。宮廷の臣下たちはこぞってお慶びを申し上げ、民百姓は歓声をあげた。

沈《シム》お嬢様が王妃になられてからというもの、年々豊年がつづき盗人は一人もいなくなった。沈王妃は富貴と栄華にめぐまれたが、しかしいつも心にかかるのは父親のことだった。

＊　＊　＊

ある日のこと、王妃は悩みにたえかねて、侍女をしたがえて王宮の欄干にもたれていた。秋の月光は部屋にさしこみ蟋蟀《こおろぎ》はもの悲しげにすだき、父への恋しさを抑えられなかった。

そのとき、高い空を一羽の雁がキイー、キイー、キイーと鳴きながら南の空に渡っていった。王妃は嬉しそうにながめて声をあげた。

「雁よ、ちょっと渡るのをやめてこちらに来て、わたしの話を聞いておくれ。おまえはだれの手紙を届けにいくのか。もし行きがけに桃花洞《トファドン》の空を渡るなら、可哀想なわたしのお父様に手紙の一本でも届けておくれ。今から手紙を書いておまえに渡すから、どうか、よろしく頼みますよ」

王妃はすぐさま部屋にもどって筆をとり手紙をしたためたが、涙がぽろぽろこぼれて文字がにじんだ。

＊　＊　＊

お父様の膝下を離れて、もうすでに三年になります。お父様にお目にかかれない悲しみがもう海のように深うございます。これまで健やかにお過ごしでしたか。恋しい気持ちが抑えられません。わたくしは西海《ソヘ》の龍王様がお救いくださってこの世にもどり、この国の王妃となりました。しかしながら、お父様にお目にかかれない悲しみのために、この世の富貴栄華も楽しむ気持ちにはなれません。わたくしを見送ったあと、かろうじて生きながらえながら、毎日戸にもたれかかってわたくしを思ってくださっていると思いますが、死しては三途の川にさえぎられてお会いできず、生きては九重の宮殿の身分にさえぎられて気ままな外出もなりません。

この三年のあいだに目はあきましたか。それに人にあずけた金子《きんす》と食糧はまだ残っていますか。

御身なにとぞ健やかに過ごされ、いつの日かお目にかかれるように祈り申します。

＊　＊　＊

さっと日付を記して外に出てみると、雁はもう飛び去ったあとでどこにも見えず、月だけが中天にかかっていた。

「無情な雁よ、わたしの願いを聞いたなら、お父様に伝えておくれ」

王妃は溜息をつき力なく部屋にもどって手紙を箱におさめると、しのび泣いた。

――訪ねて行こうにも九重の深い宮中から出られず、殿下にお話して使者を送っていただこうにも、お父様の生死さえわからない。また、お話したにしても、わたくしのことを仙女だとおぼしめすのに、お父様を探し出せないうえに、わたくしが仙女でないとわかってはがっかりなされること。やはり、お父様の生死がわかってからお話しするのがよいというもの……。

いろいろと思い悩んで王妃は溜息が絶えなかった。

こんなおりちょうど王様が内殿〔王妃・女官の起居する御殿〕におこしになった。王妃の顔には思い悩む色が深くにじんでいた。

王様が王妃の顔色を見てお尋ねになった。

「涙のあとが見えるが、なにか心配事でもおありか。王妃になったからにはわが国一の富貴な身の上であるというのに、何がそれほど悲しいのか」

王妃が涙をぬぐって答えた。

「わたくしには願いがあります。ですが、これまで申し上げることができませんでした」

「願いとは何か。つつみ隠さずくわしく話してみなさい」

王妃は王様のまえに膝をおって、

「わたくしは元来龍宮の者ではありませぬ。黄海道《ファンヘド》黄州《ファンジュ》桃《ト》花洞《ファドン》にすむ盲《めしい》、沈鶴奎《シムハッキュ》の娘にございます」

と、これまでのいきさつをくわしくお話し申し上げた。

王様は聞きおわって孝行の至誠にいたく感動され、くりかえし王妃をほめたたえ慰めた。

「もっとまえに耳に入れておればよかったものを。おもんぱかるに、聞き届けがたい願いではないゆえさほど心配におよぶまい」

王様はつぎの日朝会をおえたのち、臣下たちと諮《はか》りご下命なさった。

「黄州《ファンジュ》に使者を送って沈鶴奎《シムハッキョ》を府院君〔王妃の父や正一品の功臣に与える官職名〕としてお連れしろ」

黄州牧使《モクサ》〔各道を管轄する観察使のもとで各牧を治める官吏〕が命をうけて調査したのち、いそいで報告をあげた。

――黄州桃花洞《トファドン》にはたしかに沈鶴奎《シムハッキョ》なる盲《めしい》が住まいしておりましたが、一年前に引越しをいたしました。引越し先は不明であります。

王妃はこの知らせを伝え聞いて悲しみにくれ落涙嘆息すると、王様は心から慰めた。

「亡くなったのであればいたしかたないが、生きておられるのだから、きっと相まみえる日がくるであろう。国中に命令を下せば会えないということはなかろう」

王妃はこの言葉を聞いて、ふっとある考えを思いついた。

「わたくしにいい考えがあります。この国の可哀想な盲人たちをみんな一堂に集めて宴《うたげ》を催してください。天地と日と月と星が見られず、父母や妻子の顔形が見られない盲人たちの恨《ハン》を解いてやってくださいませんか。そうすればその盲人たちのなかのわたくしの父にも会えると思います。これはわたくしの願いであるばかりか、国の安寧と和合のためにもなります」

王様はこの言葉を聞いて王妃を大いに賞賛し、国中に命令を下した。

――高い地位の官職にある者から民百姓にいたるまで、盲人すべてその姓名と住まいを記し、各邑から報告いたせ。盲人たちを宴に招くが、もし万一ひとりでも参席できない者あらば、その道の監司《カムサ》と守令《スリヨン》を厳罰に処すものとする。

九　ペンドギ

このころ沈奉事《シムポンサ》はペンドギを連れて各地をさまよっていた。村から村へ町から町へとさすらったので、その苦労は言葉で言い表せなかった。

ある日のこと、お上《かみ》がお呼びだと羅卒《らそつ》たちがやってきた。そのとき沈奉事はとある情深い長者の屋敷の召使い部屋で何日か世話になっていた。ペンドギは寝食の世話になるからには仕事を手伝わねばという言いわけで、朝早くから下僕についてどこかに出かけていた。

沈奉事はお上が呼んでいるという話を聞いて急におじけづいて、

「わしには咎《とが》などありません」

と行かないと言いはった。

「つくった罪といえば、糟糠《そうこう》の妻を失い、娘を失い、再婚した妻に蓄えを奪われてさすらっているという罪しかありません」

羅卒の一人がその話を聞いて、にやりと笑って一歩まえに進み出た。

「その罪が大罪でなくて何だ。どんな用件かは知らないが、ともかく、郡内の盲《めしい》という盲、通り過がりの乞食の盲《めしい》までのこらず呼んでこいというご命令を受けているのだ。さあ、行こう。ひょっとしてうまい話が待っているかもしれんぞ」

沈奉事《シムボンサ》は羅卒《らそつ》たちに腕をつかまれて、しぶしぶついていきながら、――こいつら、わしをだましてひっ捕まえようとしているのではないか――という気がしてきた。そう思うと、気持ちはいらいらしてきて豆を煎る音が聞こえてきそうだった。

ところが、官衙《かんが》〔所役〕に入ってみると、県監《ヒョンガム》が威厳に満ちたやさしい声でこう命じた。

「王様が王宮で盲の宴《うたげ》を催されるそうだから、すぐさま上京いたせ。もし万一宴に参席しない場合は、厳罰が待っておるぞ。よいな」

沈奉事はその言葉を聞いて額づきながら申し上げた。

「大王様がこんな卑賤な者までお呼びくださいますからには参りたいとは存じますが、都に上るにも服も路銀もなく上ることがかないませぬ」

県監が見ても、継ぎはぎだらけ垢まみれの服をまとったその格好は、乞食のなかの乞食かと思われた。県監は服や路銀を与え酒膳までととのえて、今日のうちに都にむけ出立《しゅったつ》せよとせかした。

沈奉事は服と二十両の金子《きんす》までいただき、一杯の酒に顔を赤らめて家にもどりながら、あれこれ思いめぐらした。

――はあて、ペンドギをどうしたものか。置いていくわけにもいくまいし、連れていけばいいのだが、嫌だといったならどうしたもんか。まっ、遠回しに話してみて、その様子で決めるしかあるまい。

沈奉事《シムボンサ》は長者の屋敷の門を入りながら、服や大金までもらってきたわが身がたいそうなご身分に思えて、まるでわが家にもどったように大声でペンドギを呼んだ。

「オッホン、ペンドギや。まだもどっていないのか。家長がもどってきたら、さっと足袋はだしで飛び出してくるもんだ。部屋にすっこんでいるやつがあるか。つれないやつめ」

そのときペンドギは、官衙《かんが》に連れていかれた沈奉事がえらい目に会おうが褒美をもらおうが知ったことかとばかりに、屋敷の下僕がもどってきたらいっしょに食べるつもりで鶏粥をたき鶏の骨をはずしている最中だった。今朝からなぜかすねてむっとしている下僕をどうやってなだめたものかと思案のすえ、よそのお屋敷の庭で飼われている雌鶏をくすねてきて、鍋に放りこんで炊きこんだのだった。

ペンドギは沈奉事の咳払いに驚いて、骨も抜いていない鶏粥を台所のすみに隠してから顔を出すと、自分のしたことがばれるかと思って、むしろ沈奉事《シムボンサ》に食ってかかった。

「ふん、そんな赤ら顔して。町の妓生《キーセン》と一杯やってきたのかい」

何も知らない沈奉事はあいかわらず上機嫌でおうように笑って見せてから作り話をした。

「ほっほう、なんという女房だ。ここの県監様が酒膳を用意し酒を勧めてくださり、ゆっくり遊んでいけというのを、おまえが待っていると思って急いで帰って来たというのに、なんという言い種だ。こんなことなら、町でいい目をして泊まってくるんだった」

ペンドギは内心やましいところがあるので、どうせたいた鶏粥、嘘をついた。

「まあ、あんた。あんたが元気にもどってきたんで嬉しくってね。お役人に捕まったというから、盲人なのでだれかの濡れ衣を着たんじゃないかと思って、仕事も放り出してもどって来たのさ。お役所に引っぱられて治盗棍《チドゴン》〔罪人の尻をたたいた棍棒の一種〕でもやられたら、大事な体がえらいことになると思って、鶏粥をたいて待っていたところさ。あんた、毎日いっしょにご飯を食べていっしょに寝る者の気持ちがそんなにわからないのかえ」

と悲しそうな声をつくると、沈奉事《シムポンサ》はまたまた手もなくだまされてしまった。

「おまえが鶏粥までたいたのも知らないで、わしがよけいなことを言ったみたいだ。雌鶏をたく匂いが家中にぷんぷんたちこめているから腹が鳴るぞ。その鶏粥をトッペギ〔どんぶりよりそこが広く浅い器〕にたっぷりついできてくれ」

鶏粥をついで二人座って食べながら、沈奉事はそれとなくペンドギに尋ねた。

「おまえ、ひとつ聞いておきたいことがある。わしらはこうして楽しく暮らしているが、万一わしがこっそりどこかに行ってしまったら、そのときはどうするつもりだね」

ペンドギは何日か仲良くしてきた下僕に鶏粥を食べさせられないのが残念だったが、また甘えたような声をだした。

「アイゴー、あんたがいなきゃ、あたしに何の楽しみがあるというの。千里万里の果てまでも探しますよ」

「ほっほう、うちのペンドギはまことの烈女《れつじょ》だ、烈女。では、おまえは若いしわしは年寄りだから、わしが先に死んだら、そのときはおまえ、どうするつもりじゃ」

「アイゴー、あんたがいないのに、あたし一人、どうして生きていけますか。深い川にドブンと飛び込んで死んでしまいます」

「ほう、うちのペンドギは烈女どころか百女だ、百女〔「烈」の原音はヨルで、ヨルには十の意味もある〕。いや、わしがどうこうというのでなくて、王様が宮殿で盲の宴を催してくださるそうじゃ。はるか千里の漢陽《ハニャン》への道を、わし一人では行きがたいので、ともに行くまいか。この国に生まれたからには一度は都見物もしなくちゃなるまいて」

「ええ、行きましょう」

ペンドギはどうせさすらう身の上、どこに行っても同じなので、あっさりと承知して旅の支度にとりかかった。

＊　＊　＊

その日沈奉事《シムポンサ》は風呂敷包みを背負い、ペンドギを先に歩かせて旅路にたった。目が見えないので道もわからず足も痛む沈奉事は、道みち道中歌をうたって気をまぎらわせた。

どうやって行こか、はるばる千里。
どうやって行こか、盲《めしい》の身。
おい、ペンドギや。
おまえは天地万物を見られるのだから、
ここはどこ、そこは川、あそこは山とくわしく教えてくれ。
目のまえの物もわからぬ者がだれと山河の景色を語れるか。
どうやって行こか。どうやって行こか。
おい、ペンドギや。
足が痛くてもう歩けんぞ

ペンドギが沈奉事の道中歌を受けてうたった。

どうやって行こか、はるばる千里。
どうやって行こうか。
翼のある鶴なれば、ふわふわ飛んであっという間なれど、
目の見えない家長つれ、いく日いく夜かかるやら。
どうやって行こか

沈奉事《シムポンサ》が杖の一方の先をつかみペンドギはもう一方の先をつかんで、尻をふりふり道中歌をうたいながら旅をつづけた。

二人はこうして半日歩いてある酒幕《チュマク》〔居酒屋や食堂をかねた宿屋〕に泊まることになった。ちょうどその日黄奉事《ファンポンサ》という男もいっしょに酒幕に入った。

黄奉事は盲《めしい》だが、それでも物の輪郭くらいはぼんやりわかる半分の盲だった。智恵もあるし金もあると噂されていて、近在の者たちにもよく知られていた。

黄奉事はまえからペンドギが外の男たちとよく遊ぶ浮かれ女だと聞きおよんでいたので、一度会いたいと思っていた。そんなときペンドギが同じ酒幕に泊まっているのを知って、「しめた」とばかりに酒幕の主《あるじ》とたばかって、こっちにいただこうと思った。黄奉事は酒幕の主に金を渡して、ペンドギをそとに連れ出させた。

酒幕の主から話を伝え聞いたペンドギは、

——都についていったところで、わたしゃ盲《めしい》でないから宴には出られないし、田舎にもどってみたところでろくなこともないし、どうせなら黄奉事《ファンポンサ》についてゆくほうがましかもしれないと邪《よこしま》なことを考えた。

酒幕の主の取り持ちで黄奉事としっかりしめしあわせたペンドギは、その晩沈奉事が眠るのを、寝たふりをしながら待っていた。そして、沈奉事が寝ついたとたん逃げ出してしまった。

沈奉事《シムボンサ》が寝返りをうって手探りをしてみると、隣で寝ているはずのペンドギがいなかった。

沈奉事は腕を伸ばしてまさぐり、ペンドギを呼んでみた。

「おい、おまえ、ペンドギ。どこにいるんだ」

どこにもペンドギの気配はなく、下座の片隅におかれた唐辛子の袋のなかにいた鼠がガサッガサッと音をたてた。沈奉事は鼠のたてる音とは知らず、ペンドギが悪戯をしているものと思って身を起こした。

——わしに、そっちに来いというのか。

沈奉事《シムボンサ》がよたよたとそっちにはっていくと、鼠はびっくりしてそれだけ逃げていった。

沈奉事はハッハッハッと笑って、

「おい、そっちに逃げたのか」

あちこちをくまなく探した。すると、追われていた鼠がとうとう天井に逃げこむと、沈奉事は不安になった。

沈奉事は戸を開け、声をあげて主を呼んだ。

「もしもし、ご主人。うちの女房、そっちに入ったかい」

「そんなお客さんはここにいませんよ」

沈奉事はとうとう、女房がわれを捨てて逃げたのではないかと思いはじめた。

「昨夜、黄奉事《ファンボンサ》とかペン奉事とかいう夫婦連れが夜道を歩くといって急いで立ちましたが、その女がお宅のおかみさんか黄奉事《ファンボンサ》のおかみさんかよくわかりません」

沈《シム》奉事はそれでも、のそのそ動いて便所も探し台所も探してみたが、やっとペンドギが逃げたことがわかり嘆息した。

「おい、おまえ、ペンドギよ。わしを捨てて、いったいどこに行ったのか。とんでもない薄情者め。目の見えないわし一人、どうやって都までの千里の道を行けというのか」

沈奉事は泣いたあげく、何を思ったか手で払うようにして、

「やめてくれ、こいつめ。おまえを思うわしが馬鹿なんじゃ」

とあきらめもし、

「あんな女といっしょになって蓄えを使い果たし、こんなえらい目に会ったわけか。これもすべてわしの八字《パルチャ》〔運命《さだめ》〕じゃ。だれかれと人を恨むこともあるまいよ。善良で賢い前妻に死なれ、娘の清《チョン》とも生き別れのあと身投げをされた。あんな女のことを思ったら、わしこそ狂った男だわい」

と、まるで人がそばにいるかのようにぶつぶつ言ったが、夜が明けるとまた歩きだした。

杖をついて何歩か歩くと、それでも思い出されるのか、道にへたりこんで、また慟哭《どうこく》した。

「アイゴー、ペンドギ、ペンドギや。なんでわしを捨てたのか。目の見えないわしに都までのはるかな道をどうやって一人行けというんだ。あのひどい女め。最初からわしを捨てる気なら、旅立つまえに捨てたらええのじゃ。なんで数百里他郷にわしを捨てていったのか。おまえなんか虎に食われてしまえ。おまえがこんな女だと、わしはなんで気づかなかったのか。アイゴー、アイゴー。愚かなわ

しの八字《パルチャ》よ」

しかし、どうしようもなく涙をまたぬぐって起き上がると、とぼとぼと歩きだした。風がさっと吹いてもペンドギがもどってきたのかと思い、木の葉がガサッと音をたててもペンドギかと思いながら、杖を目のかわりにして都へ都へと上っていった。

一〇　都にのぼる沈奉事

沈奉事《シムポンサ》は一歩一歩まさぐりながら山を越え川を渡り野をすぎて、都への道をたずねたずね上っていった。道中で腹が減ると、百姓たちの働く畑に押しかけて食べ物をもらったり、村に入って物乞いをしたり、夜になれば水車小屋や人家の召使い部屋に泊まったりした。

時はまさに五、六月ごろ、むしむしする日に汗はたらたら流れ落ち、背中がぐっしょりと濡れた。杖をつきながら探るようにして歩いていた沈奉事があるところに着いてみると、風が涼しく吹いて、川音がザアザアと高く聞こえてきた。流れの音を聞いた沈奉事は、汗ばんで臭いのする背中を流したくなった。

沈奉事は川岸にカッ〔帽冠〕や旅荷をおろして服を脱ぎ捨てると、ドブンと川のなかに飛び込んだ。

「ほう、こりゃ気持がええわい」

冷たい水を体にかけると、気分がとても爽快になった。沈奉事《シムポンサ》は水をすくいとって歯をみがき、ガラガラとうがいをした。また一すくい背中にもかけた。

「ふう、まったくええ気持ちだわい。西海《ソヘ》の水をぜんぶ飲みほしても、これほどええ気分にはなれんだろう。こりゃあ、ええ」

バシャバシャと体をきれいに洗って川岸に上がってみると、服や荷物がどこにも見当たらなかった。

――はて、たしかここに置いておいたのだが、風に飛んでいったか。杖がここにあるところを見ると、ここに置いていたにちがいないが……だれか悪戯《いたずら》でもしたようだな。

沈奉事《シムボンサ》は四方八方にむかって大声を張り上げた。

「おーい、悪戯《いたずら》はやめて、わしの服を持ってこーい。持ってこいというに」

しかし、いくら叫んでも返事がなかった。急にあせりだした沈奉事は、岸辺をあちこちうろつきあたりを手探りしてみた。とうとう盗まれたことに気づいて、その場にへたりこんで泣きだした。

「とっほっほっほ、もうお手上げだ。この暑さに素っ裸では死んでしまうこったろう。素っ裸だから物乞いもできん。そうなりゃ飢え死んでしまうこったろう。あの盗人め、わしの服を持ってこい。食って着てもなお余る、あまたの金持ちどもでなくて、よりによって盲《めしい》の服を持っていくとは。この天下の罰当《ばちあ》たり盗人め」

こう溜息をついたが、すぐに、死んでも両班だという体面をつくろって、また叫んだ。

「もしもし、もしわたしのまえをご婦人方が通っていたら、回り道をしてくだされ。わしは素っ裸ですじゃ。アイゴー、耳の聞こえん者も足のたたん者も、目の見えんわしよりはましだろう。天地が分かれているのも、日や月や星が出るのを見られず、色の白黒も物の長短もわからないんじゃから、盲《めしい》ほど八字《パルチャ》の悪いもんはおらん。アイゴー、アイゴー、しぶとい命が死にきれず、生きてこんな目に遭うとは」

沈奉事《シムポンサ》がさめざめと泣いて嘆息していると、おりもおり当地の郡守が都の帰りに通りかかった。

「こやつ、下がりおれ。こやつ、下がりおれと言っておろうが」

沈奉事は道をあけろという声を嬉しそうに聞いて、

――よっし、どこかの郡守様がやってきたようじゃ。どうせののしられたのだから、ちょっとだだをこねてみるか。

と道のわきに座って待った。

郡守の行列が近づくと、沈奉事は両手でまえを隠してのそのそと進み出た。左右の羅卒《らそつ》たちがかけつけてきて押しのけると、沈奉事は演説かなにかするように声のかぎり叫んだ。

「おい、おまえたち、俺様にいまこんなまねをしたな。わしはいま都に上る盲人だ。この行列はどこの郡守の行列か、早く言ってみろ」

しばらくこうして言い争っていると、郡守みずから出てきていった。

「これ、そちはどこの盲人か。どうして服を脱いでおるのか、それに、いったい何を叫んでおるのか」

沈奉事は裸のまま両手でやっとまえを隠して立ったまま申し上げた。

「わたくしめは黄州《ファンジュト》桃花洞《ファドン》に住まいしておりました沈鶴圭《シムハツキュ》と申します。あまりに暑いものでちょっと水浴びをして上がりましたところ、できそこないの盗人に服と荷物を持ち逃げされまして、どうにもなりません。わたしの服と荷物をどうかお探しください。それができませぬなら、宴に行かないわけにまいりませんから、郡守様の特別なお計らいをおねがいいたします」

郡守はこの言葉を聞いて、可哀想に思い服を一着与え、輿の後ろについたカッ〔帽冠〕も分け与え、路銀まで与えた。

しかし沈奉事《シムポンサ》は人から物をもらったりご馳走になるのに慣れきっていて、いただける物はぜんぶいただこうという魂胆で行列のまえに仁王立ちになった。

「靴もないので歩けません」

郡守はホッホッホッと笑って、靴も一そろい出してやるように馬の口取りに命じた。

「あのとんでもない盗人がわたくしめの煙管《きせる》まで持っていきました」

「だからどうしたと申すのか」

「いえ、持っていったという話でございます」

郡守はあきれて物も言えなかったが、王様の厳しいご命令を思って、またホッホッホッと笑うと、房子《パンジャ》〔役所の使用人〕を呼んで、煙管に煙草をつめて与えさせた。

沈奉事《シムポンサ》は煙草までいただいたので、これ以上厚かましい振る舞いもできず、郡守にお礼を申しのべて道中を急いだ。

――やさしい郡守様に出会って服はもらったが、道案内がいないのでどうやって行ったもんか。

＊　＊　＊

沈奉事《シムポンサ》はまた旅をつづけ何日か歩いて都近くまでやってきた。その日は木陰に座って休んで、樵夫《きこり》たちといっしょに鳥打令《セタリヨン》〔鳥の鳴きまねを入れ込んだ民謡〕もうたい樵夫たちの歌も聞いたので、思いのほか道が進まなかった。

日は暮れたのに道を尋ねる人もなく近くに人家もないのか、犬の吠え声もしなかった。沈奉事は杖だけを頼りに、あれこれ心配しながら歩いていると、遠くで臼をつく音が聞こえてきた。

沈奉事は畦道《あぜ》をごそごそ歩いて音のするほうに行ってみた。音のする小屋につくと、嬉しさのあまりいきおいよく入って、荒い息づかいのまま一気に大声をはり上げた。

「ちょっと、おうかがい、いたします」

すると、臼をついていたおかみさんのうち、おしゃべりな一人が大声でののしった。

「男女に別があると三尺の童《わらべ》だって知っているのに、あんた、耳の穴をふさいでいるのかね。女ばっかり集まったところに、一人前の男がわきまえもなくどうして割り込むんだね。こんな不漢党《プルハンダン》〔悪党〕のようなもんは目玉を引っこ抜いてやらなきゃ」

沈奉事はおかみさんの声が荒々しいだけでなく、腹をすかしきった夜中の不意の客があまり乱暴でもいかんだろうと思って、おだやかに話しかけた。

「都の奥様方は人の目玉をよく引っこ抜くと聞きましたもんで、わたしはまえもって目玉を抜いて家に置いてきましたのじゃ」

「えっ。だれか、お客さんに本当に目がないかよく見てみてよ」

おかみさんたちは灯《あか》りをつけて戸口のほうに来てのぞきこむと、ゲラゲラと笑った。

「まあ、本当だ。このお客さんにゃ目がないよ。盲《めしい》の宴にいく盲様みたいじゃ。ちかごろの盲様はけっこうなご身分だわ」

そのとき例のおしゃべりなおかみさんが身を乗り出した。

「目玉もないお方がどうしてこんな夜中に来たんだね。どうせ来たからにゃ臼をちょっとついていきなさいよ」

沈奉事《シムボンサ》は内心しめしめ、ここで何か食わせてもらって泊まっていけるぞと、早速軽口をはじめた。

「いいや、ただでは臼をついてやれん。千里の遠い道をはるばる苦労してやってきた者に臼をつけだと。家族に頼むように言うとは。臼をついたら何かくれるとでもいうのかい」

「まあ、この盲さん、なかなか抜け目がないねえ。何をくれってんだい。飯と酒と寝るところがありゃ十分だろう」

沈奉事はうまくいったと思って、おかみさんたちに手を引かれて、臼板にのぼって綱をぎゅっとつかんだ。

「盲さん、どうせつくからには臼つき歌もうたいなさいよ」

「うまくはないが、一度後歌をうたってみようか」
沈奉事《シムボンサ》とおかみさんたちは面白がって歌いながら臼をついた。

オユア、臼よ。オユア、臼よ
　がたんがたん、よくつける臼よ。
オユア、臼よ。オユア、臼よ
　この臼はどんな臼か。三十三人の樵夫たちが深山の大松を切ってつくったよ。
オユア、臼よ。オユア、臼よ
　臼の格好を見たなれば、人の形につくったか。股を広げてるね。
オユア、臼よ。オユア、臼よ
　向こう村の金《キム》お嬢さんの姿か。きれいなかんざし、細い腰。
オユア、臼よ。オユア、臼よ
　すらりと細い腰を見て、近郷の若衆そわそわそわ。
オユア、臼よ。オユア、臼よ
　臼もよくつけた。トルグラン　トルグラン　もっとつけ。
オユア、臼よ。オユア、臼よ
　すべすべすべと黍《きび》の臼、さくさくさくと鳩麦臼。

オユア、臼よ。オユア、臼よ
　ついて嬉しい米の臼、あきあきするよ麦の臼。
オユア、臼よ。オユア、臼よ
　おお辛い唐辛子臼、香ばしい胡麻の臼。
オユア、臼よ。オユア、臼よ
　うまいもんだね、臼つき歌。オルシグ　チョルシグ　いいもんだ。
オユア、臼よ。オユア、臼よ
　よこで臼つく奥さんは、臼にも負けぬ大尻だ。
オユア、臼よ。オユア、臼よ
　糞もしっかりたれるだろう、くさい臭いに鼻もげる。
オユア、臼よ。オユア、臼よ
　都の道も初めて楽し。オルシグ　チョルシグ　いいもんだ。
オユア、臼よ。オユア、臼よ
　トルグラン　トルグラン　よくつけた。飯もうまけりゃ酒もいい。
オユア、臼よ。オユア、臼よ

こうして調子に乗って臼をすっかりつきあげると、みんなが手をたたいて大喜びした。

「アイゴー、盲《めしい》さん。臼つきだけでなくて歌もうまいんだねえ」

沈奉事《シムボンサ》は臼をついてやって、うまい晩飯をよばれ、その家の客間で手足を伸ばしてゆっくり休んだあと、酒までもらって荷物のなかに入れて背負うと、また旅を続けた。

そのあたりになると、盲《めしい》の宴にむかう全国津々浦々の盲たちが列をつくって進んだので、歩きやすくなった。

やっと都に入ってみると、城内は盲たちであふれかえり、肩がぶつかりあって先に進めないほどだった。宴に出ようとする盲、もどる盲、宴に出たあと見えない目で都見物をしている盲、盲たちの運勢を占ってやろうと道端に小屋がけした盲、両班だといばって召使いを先にたてて八の字歩きで闊歩する盲、酒をたっぷりふるまわれトンシルトンシル踊っていく盲、宴で腹が割れるほど食べて下痢をして下腹をぎゅっと押さえてあちこちとびまわる盲、国中から盲たちが集まったので、それだけでも十分見ごたえがあった。

王命を受けた兵士たちは旗をかかげ路地から路地をねり歩き、今日は宴の最終日だから遅れないようにに早く参席するようにうながして、盲たちの手を引いて王宮に入っていった。沈奉事も兵士の一人に手を引かれて王宮のなかに入った。

宴の庭では一人の内官が帳簿を広げて、やってきた盲たちがどこのだれかを聞いてつけていた。沈奉事には住まいがはっきりしないので、あとで別に呼ぶから末席に座っているように命じた。

先に着いた盲人たちはありとあらゆる山海の珍味をまえにして笑いさざめきながら楽しんでいた。

しかし沈奉事《シムボンサ》は美酒と肉料理をまえにすると、むしろわびしいわが身の上が思われて食欲もわかなかった。亡くした妻と娘がそばにいて、このうまそうな料理をいっしょに食べられたらどれほどいいかと、印塘水《インダンス》の海に人身御供となった娘の清《チョン》のことがとりわけ偲《しの》ばれた。

沈奉事は宴を楽しむどころか、

──アイゴー、わしはいったいこの宴で何をしようと思って、千里の道のりを遠しとせず、はるばるやってきたのか。

と思わず溜息がもれた。

一一　盲の宴

このころ沈《シム》王妃は何日間か盲《めしい》の宴《うたげ》を開いて、毎日盲人名簿を見つづけていたが、沈姓をもつ盲が現れないので嘆いていた。

——宴を開いた目的はお父様に会いたいということなのに、どうしておいでないのか。わたしが印塘水《インダンス》の海で死んだと思って、悲しくて亡くなってしまわれたのか。それとも夢雲《モンウン》寺の仏様の霊験があらたかでもう目があかれたのか。今日は宴の最後の日だというのに、どうしたらいいのだろう……。

王妃がお出ましになって高みから盲の宴を見下ろしていると、楽《がく》の音《ね》も美しく、山海の珍味もたっぷりあった。

その最終の宴ももう果てようとするころ、王妃は盲人名簿を持ってくるように仰せつけられて、一人ひとり呼んで服を一そろいずつお与えになった。盲たちはだれもが感謝の言葉をのべて引き下がったが、名簿にのっていない盲が一人ぼんやりと立っていた。

王妃は不思議に思って、尚宮《サングン》〔正五位の女官〕に聞いた。

「あの者はいったいだれですか」

尚宮《サングン》が近づいてきてそのわけを聞かれると、沈奉事《シムボンサ》はぎくりとした。

「わたしは家のない流れ者ですので、どこに住んでいると申し上げられなくて、名簿にも名がのっておりませんし、ここまでわが足で歩いてきました」

王妃が喜ばれて「もっと近う寄りなさい」とおっしゃると、尚宮が沈奉事の手を引いていった。沈奉事はわけもわからず足を引きずりながら近づくと、ぶるぶる震えながら階段のしたに頭をさげて立った。

王妃がよく見ると顔つきは変わりはててはいたが、顔立ちは父親に間違いなさそうだった。頭は白髪になり口元や額や頬がしわだらけだった。

王妃はびっくりし気が焦ったが、それでもよく確かめようと、やつれはててぶるぶる震える沈奉事に尋ねられた。

「妻子はおいでですか」

その言葉にぎくりとした沈奉事は、地面にひざまずき涙を流しながら申し上げた。

「何年もまえに妻を亡くしました。幼い娘が一人おりました。ですが、わたしの目があくようにと米三百石で身を売って印塘水《インダンス》の海に身を投げました。ところが目はあかずわが娘だけ亡くしてしまいました。わが娘を売った大罪人にどうか死をお与えください」

王妃は沈奉事の言葉が終わらないうちに、涙を浮かべて足袋はだしでどっと飛び出して、父親をぎゅっと抱きしめた。

「アイゴー、お父さん」

こう一度叫んだが、あとはもう印塘水《インダンス》の海に向かったときのように言葉にならなかった。

沈奉事《シムボンサ》はいきなり「お父さん」という言葉を聞くと、相手が王妃なのか女官なのか、それとも見物人なのかわからずきょときょとした。

「お父さんだとな。だれがわたしにお父さんだと。わたしには息子も娘もおりませぬ。独り娘が海で死んでもう三年になりまする。いったいどなたがわたしにむかってお父さんと言うのですか」

「アイゴー、お父さん。目はまだあかなかったんですね。わたしが、印塘水の海で死んだ、あの清《チヨン》です。お父さん、どうか、目をあけて目のまえの清をよく見てください」

沈奉事はびっくり仰天してしまった。

「おう、これはいったい、どうなっているのか。うちの清が生きていたとは。死んだはずの清が生きていたとは。どれ、わが娘の顔を一度見てみたい」

王妃は、どうしていいかわからずあちこちをきょときょとする父親を見て、よけい悲しそうに泣いてしがみつかれた。

「アイゴー、お父さん。わたしの孝行心が足りないばかりに、わが身だけ生き延びて、お父さんの目はあきませんでした。わたしはもう一度死んで玉皇上帝様に訴え、お父さんの目をあかせて見せます。お父さん」

「なに、もう一度死ぬだと。なんと。わしの聞こえるところでその死ぬという言葉をふたたび口にするのか。わしの娘が生きていたのだから、わしの目なんぞ見えなくてもかまわん。死ぬでない。死ぬでないぞ。わしの娘の清《チョン》や。どうか死んでくれるな。ええい、この目さえ見えたなら、死んで生き返ったわしの清の顔が見えるものを……おおおっ」

このとき世にも不思議なことが起こった。両目からぽんとふたの落ちるような音がしたかと思うと、沈奉事《シムポンサ》の目がパッチリとあいた。なにか見世物でもあるのかと沈奉事のそばにびっしりと集まっていた盲《めしい》たちも、沈奉事の目のあく音とともにいっせいに目があいた。

立ったまま目のあいた人、座っていて目のあいた人、泣いていて目のあいた人、笑っていて目のあいた人、仕事をしていて目のあいた人、遊んでいて目のあいた人、寝ていて目のあいた人、起きていて目のあいた人、伸びをしていて目のあいた人、鼻をかんでいて目のあいた人、国中の盲という盲たちがみんな、ペンドギをたぶらかして逃げた黄奉事《ファンポンサ》をのぞいて、みんなぱっと目があいたのだった。

沈奉事《シムポンサ》は生き返った清《チョン》があまりに嬉しくて目があいた。ところが、いざ目があいてみると、王妃や女官たちのうちだれがわが娘なのかわからなかった。娘とはいえ、これまで一度も顔を見たことがなかったからだった。

しばらくきょろきょろしていると、沈奉事のまえにきらびやかに着飾った王妃が立っていた。娘だというから娘なのだろうと思ったものの、初めて見るお顔だし、並の人間にはそばに寄ることもかなわぬ国母だった。

夢を見ているのではないかと、しばらくきょとんと立っていた、目のあいた沈奉事がいきなり膝をうった。

「そうじゃ。やっとわかった、やっとわかったぞ。娘を生むまえに妻といっしょに見た夢のなかで見た顔が、まさにこの顔だった。間違いなくわしの娘だ。じゃが、これは夢か現《うつつ》か。夢なら覚めないでほしいもんだ、現ならばわが娘の顔をとくと見よう。九重の宮殿のその奥で高貴な身分となったわが娘の顔をとくと見てみようぞ」

こういって杖を放り出すと、

「杖よ、おまえにも苦労をかけた。わしももう目があいたので、おまえも行きたいところに行け」

と嬉しそうに踊りをおどりながら歌をうたいだした。

オルシグナ　チョルシグナ　ソレ　ソレ。
　見えなかった目があいてみると、
　真っ暗な部屋に灯《あか》りをともしたように明るくなった。
オルシグナ　チョルシグナ　ソレ　ソレ。
　おおい、みなさま方よ。
　息子ばかりを願わずと、娘を願ってみるもんじゃ。
オルシグナ　チョルシグナ　ソレ　ソレ。

死んだ娘の清《チョン》にまた会ってみたならば、
楊貴妃が生き返ったのか
つくづくながめまたながめても
わしの娘の清《チョン》だった。
オルシグナ　チョルシグナ　ソレ　ソレ。
娘のおかげで目があいてみると
お日様お月様はいよいよ明るくて
オルシグナ　チョルシグナ　ソレ　ソレ。
泰平天下の世の中ぞ
オルシグナ　チョルシグナ
オルシグナ　チョルシグナ　ソレ　ソレ。

宴に参席したあまたの盲《めしい》たちも嬉しくて、トンシルトンシルいっしょになって踊りだした。
「ア、ソレ、ソレ。真っ暗な目があくとは、いったいだれのおかげなのか。徳の高い沈《シム》王妃様のおかげだ。ア、ソレ、ソレ、ソレ」

＊　＊　＊

その日から王様は沈奉事《シムポンサ》に官服を着せ、王様と臣下の礼にのっとってあいさつをして内殿に招き、いく年も積もりつもった父娘の情を温めさせた。

王様は沈鶴圭《シムハッキュ》を府院君に封じ、桃花洞《トファドン》の村人たちには賦役を免除し、おびただしい数の品々を褒美として授けた。また、黄奉事《ファンポンサ》とペンドギはすぐさまひっ捕らえ厳罰に処された。

国中の民はだれもが王様と王妃様の徳をほめたたえ、津々浦々で舞いうたったのだった。

（訳　仲村修）

解説――春香伝　沈清伝

仲村　修

パンソリから生まれた小説

「春香伝」「沈清伝」はいずれもパンソリという民俗芸能で「春香歌《チユニヤンガ》」「沈晴歌《シムチヨンガ》」として演じられていた出し物が、小説として形を整えられていったものです。

パンソリは浪曲のように一人の語り手が何人もの登場人物を演じ分けます。語り手は庭や市場に蓆《むしろ》をしいて場《パン》をつくり、とりかこんだ観客たちを相手に唱《ソリ》やせりふを演じます。語り手のそばには太鼓をうって拍子をとる鼓手がいて、鼓手はときに合いの手も入れます。聴衆も合いの手を入れますから、演者と鼓手と聴衆でつくる臨場感あふれる、即興性の高い大衆芸能です。日本では、一九九四年に封切られて評判になった映画「風の丘を越えて――西便制《ソピヨンジエ》」でも、よく知られるようになりました。二〇〇三年には高い芸術性が認められて、日本の人形浄瑠璃文楽とともにユネスコの世界無形文化遺産に選定されました。

パンソリは唱本（台本）によって記録されましたが、そのいっぽうで小説化されて普及してきました。この唱本はさらに西便制・東便制《トンピヨンジエ》・江山制《カンサンジエ》などの各流派の唱本に分かれ、小説も完板本（全州《チヨンジユ》地方で発行されたもの）と京板本（ソウルで発行されたもの）に分かれています。二系列の小説もさらにさまざまな異本をもっています。また、京板本は都の両班たちの趣向もあって、漢文学や国文学の素養もとりこまれています。

パンソリをふかく研究し、台本を確立し、すぐれた弟子を数多く育てた人に、申在孝《シンジェヒョ》（一八一二―八四）がいます。かれが居住し弟子を育てた家は、全羅北道高廠《コチャン》郡にいまも保存されていますし、そのとなりには立派なパンソリ博物館もあり、ボランティアの案内の方が実演をまじえて解説をしてくれます。

さて、申在孝の再構成した代表的な作品は六作のこっています。「春香歌」「沈晴歌」「朴打令《パクタリョン》（興甫歌）」「兎鼈歌《トビョルガ》（トキ打令・水宮歌・主簿伝）」「赤壁歌《チョクビョクカ》」「ピョンガンセ歌」です。このうち「赤壁歌」は中国を舞台にした演目です。「ピョンガンセ歌」は今はほとんど演じられていないそうです。のこる演目は口承文芸の説話から生まれているのが大きな特徴です。「朴打令」は「フンブとノルブ（腰折れ雀）」を、「兎鼈歌」は「猿の生き胆（くらげ骨なし）」を題材にしています。ただし、民話のように素朴な味わいはなく、時代の衣装をまといリエアリティーにとんでいます。

不滅のラブストーリー「春香伝」

小説「春香伝」のもとになったパンソリ「春香歌」は、いくつかの説話を組み合わせたような作品です。烈女《れつじょ》説話と伸寃《しんえん》説話と暗行御使《アメンオサ》説話です。身を挺して愛をつらぬく烈女（貞女）はもちろんどの国、どの時代にもいることでしょうが、韓国では古くは「都彌《トヤ》説話」（『三国史記』四十八巻）なども有名です。

南原《ナモン》につたわる伸寃説話には、「春香伝」の春香とちがって、美しくない醜女《しこめ》の春香が登場します。妓生月梅《ウォルメ》の娘が、よりによって府使の息子李夢竜《イモンリョン》を愛するようになります。娘の恋の苦しみを見かねた月梅が、李夢竜をだまして酒をのませ、娘の部屋に寝かせますが、翌朝目をさました李夢竜はびっくりして逃げ出してしまいます。失望した娘はついに自害します。醜女峠にほうむられた娘は、恨怨鬼になって、南原に赴任する府使たちはつぎつぎと謎の死をとげます。そこで、科挙に及第した李夢竜が南原に下ってきて祭祠《チェサ》をあげ、広大《クァンデ》（芸人）に「春香歌」をうたわせて春香の霊魂をなぐさめました。すると、府使が死ぬことはなくなりました。

このように「春香伝」や「春香歌」の内容とはまったく逆になっていますが、この説話のモチーフだけはのちのちしっかりと生かされていることがわかります。

暗行御使説話は暗行御使が常民《サンミン》や乞食に変装して、民を苦しめる貪官汚吏を懲らしめるという話です。たとえば暗行御使朴文守《パクムンス》はよく知られていて、各地にかれの説話が残されています。無念に投獄された春香を御使が救い出す最後の「暗行御使様のお成り！」の場面は、暗行御使《アメンオサ》説話の場面とそっくりです。

春香が妓生《キーセン》かどうかという問題はとても重要です。春香を妓生と設定した作品では広寒楼《クァンハルル》で李夢竜が呼ぶと、言われるままに房子《パンジャ》についてゆきます。しかし本作ではかたぎの家の娘である自分に対して「来い」などという李夢竜に抗議します。妓生ではないために堂々としているのでしょう。李夢竜もまた春香を成参判《ソン》の娘であり、かたぎの家のお嬢様であることを認めています。そこでふたりの愛は、身分のしがらみで何ともしがたい服従ではなく、春香自身の意志でえらんだ自由恋愛になります。

実際のところは朝鮮時代では父母のうち一方が両班でない場合、両班になることはできませんでした。半分の両班の春香がまっとうな両班の李夢竜や卞府使のまえで堂々と自分の主張をする場面をみて、身分制度に押さえつけられてきた当時の庶民は、おそらく痛快に感じたことでしょう。

さて、ふたりの愛の舞台である南原《ナモン》では、一九三三年に当時の妓生たちが広寒楼のほとりに「春香烈婦祠」という祠堂をたて端午の節句におまつりをしました。一九三五年からは地元の協力で春香祭となり、現在も盛大に行われています。またお墓まであるといいますから、春香がどれほど愛されているかわかります。

「春香伝」は近代になってからパンソリ以外の媒体でも大人気でした。映画、舞台、ミュージカル、アニメ等です。とくに映画はこれまで南北あわせて十本以上制作されています。

日本でも明治から紹介され親しまれてきました。明治の翻訳紹介の代表は、半井桃水《なからいとうすい》が大阪朝日新聞に全二〇回で連載した「桃水野史譚　鶏林情話春香伝」（一八八二年・明治十五年七月前後）です。半井桃水は対馬藩の藩医の息子として対馬の厳原《いずはら》で生まれ、釜山の倭館で育ちました。上京して東京朝日新聞の小説記者をつとめベストセラー作家になりました。いっとき樋口一葉の文学の師でありましたが、一葉の意中の人であったことが知られています。

日本人むけの春香伝演劇でいちばん早いのは一九三八年の新協劇団の上演です。戦後の「ゴッホ炎の人」で知られる名優で演出家の滝沢修が、李夢竜を演じました。春香役は戦後の人気映画によく出演した赤木蘭子です。演出は村山知義、脚色は張赫宙《チャンヒョクチュ》です。なお、張は同年に戯曲『春香伝』を新潮社から刊行しています。劇団は東京の筑地小劇場で初演して国内や朝鮮の各都市を巡回しました。時代が時代だっただけに内鮮一体の国策に囲いこまれたという側面も否定できません。

一九三九年にはポリドールレコードから「春香伝」の歌がでています。歌手は戦死した上原敏で、春香役はせりふだけでしたが、前年に大ヒットした映画「愛染かつら」に主演した田中絹代でした。また、オペラは高木東六が「春香」を作曲し一九四八年東京で初演しました。この作品は二〇〇二年の日韓共同開催サッカーワールドカップの際に久方ぶりに横浜で再演されました。

孝行娘の鏡「沈清伝」

小説「沈清伝」もパンソリ「沈晴歌」をもとにしていますし、そのパンソリは説話をもとに形成されていると思われます。その説話をひろく外国にまで広げて研究した人に、金台俊《キムテジュン》という研究者がいます。かれは『朝鮮小説史』（一九三三年）のなかで、「沈清伝」にもっとも似た国内の話として全羅道玉果県にあった聖徳山観音寺の縁起をあげています。

忠清道大興県（忠清南道礼山郡大興面）に名を元良《ウォルリャン》という盲人が住んでいた。早くから妻に先立たれ、今では洪荘《ホンジャン》と名付けた可愛い娘を杖とも柱ともたのみ暮らしていた。ある日所用で外出した元良は、たまたま弘法寺の寺僧性空《ソンゴン》に出くわした。性空は元良に、「目が見えるようになるだけではなく、どんなことでも願いごとがかなう方法」というものを教えた。家に帰った元良は、思案したあげく、性空に教えられた通りにすることにした。そしてそのために、たった一人の家族であり愛してやまない娘である洪荘を売り渡すことに決めた。

洪荘は、このとき花も恥らう十六歳になったばかりであった。父の決心を打ち明けられ、途方に暮れた洪荘は、蘇浪浦の岸辺へでて海をみつめていた。すると、白い浪を蹴たてながら姿を現わしたのは中国の船であった。船人たちは、波打ち際に立ちつくす洪荘の美しい姿をみとめるや、父の元良に大金を払って洪荘をあがない、船に乗せて連れ帰ったのち、皇帝に献上した。

時に晋の恵帝の代、永康丁亥五月。恵帝は皇后に死別して孤独と寂寥のうちにあり、哀しみの涙が衰衣（竜の縫い取りのある天子の服）を絶えず濡らしているときであった。しかも「近い将来、きっとあらたな皇后にめぐり会うことになる」との吉夢を得たときでもあった。というよりは、かの船人たちこそは、この吉夢を信じた恵帝が遣わした使者たちであったのだ。かくしてあらたに皇后に迎えられたものの、洪荘は、父元良と故郷とを忘れることができなかった。そこで三艘の船に観音菩薩と経文などを積ませ、東をめざして旅立たせたが、その船が漂流を重ねてたどり着いたところが、すなわち全羅道玉果県であった。いわば、このようにして渡来した観音菩薩像が基址となって、聖徳寺は建立されたのである。また、元良は功徳によって眼がみえるようになった、といわれる。

また、金台俊《キムテジュン》は日本の「小夜《さよ》姫伝説（まつら長者・まつらさよひめ・つぼさか・竹生島の本地）」との類似性をいち早く指摘しました。『お伽草子事典』から「小夜姫伝説」のあらすじを引用します。

大和壺阪の松浦《まつら》長者には子供がないため長谷観音に祈請し、さよ姫を授かる。姫三歳の秋に父が亡くなり、家は没落する。その後母子二人の生活を続けていたが、父の十三回忌の法要が近づき、その費用を得るためさよ姫は奥州から来た人買いのごんがの太夫に身を売る。奥州へ下ったさよ姫はそこで大蛇の生贄としてささげられることを知る。

生けにえの場で父の形見の法華経を唱え大蛇に投げつけると、大蛇の角はとれ鱗も落ち、一七、八の娘姿になる。その娘は自分の過去を語り、竜宮世界の如意宝珠を成仏できた謝礼にさしだす。そして再び大蛇の姿になり、さよ姫を竜頭に乗せて奈良の猿沢の池の辺りまで送った後、大蛇は天に昇り壺坂の観音になる。さよ姫は娘と別れた嘆きで盲目となっていた母と再会し、大蛇から貰った如意宝珠で母の目をあける。さよ姫親子は再び長者となり、八五歳でさよ姫が大往生した後、竹生島の弁才天に祀られた。

なお、同事典の解説によれば、この説話は室町時代末期の成立と見られ、類話にインドの「法妙童子」があるとしています。

また、金台俊《キムテジユン》もインドの「専童子」「法妙童子」の伝説もまた、あまりにも「沈清伝」によく似ているとして、「沈清伝」の原型ではないかと指摘しています。以下かれの引用した「専童子」のあらすじです。

そのむかし天竺の香喜国に専童子と名づけられた美少年が住んでいた。幼いころ母を喪くし、貧苦と老苦がもとで盲目になった父と二人で暮らしていた。孝心が篤かった少年は、あるとき大飢饉に見舞われた際、慈善長者法妙の邸で八万四千人にたいして施餓鬼がおこなわれることを聞きつけ、盲の父の手を引いて邸を訪れた。ここでにわかに大望を抱くことになり、「もしも父の眼をもとどおりに恢復させることができたら、後日富を得たとき、法妙長者に劣らず慈悲に心がけて、あまたの霊に供養を施すであろう」と、このように誓ったが、思いつめていたせいか、その場で気を失ってしまった。

専童子のこの孝心にいたく心を動かされた仏は、冥府の閻魔大王に命じてふたたび人間界に送り返させた。かくして専童子はほどなく息を吹き返した。愛児の体にとりすがって悲嘆にくれていた老父は、狂気してよろこび、専童子が唱えた念仏に合唱して「南無阿弥陀仏」と口ずさんだとたんに、盲目の眼はみえるようになった。その後童子は、法妙長者のごとく、ある地方の長官に出世した。現世の安穏と後世の善行は、すべて念仏の功徳によるものといわねばならない。

金台俊《キムテジュン》はこうして「インドの文化がますます東漸して朝鮮半島から日本列島へ渡っていった事実を知ることができる」と記しています。これは大変興味深いところです。

このようにインド生まれの専童子が朝鮮で沈清として育ち、日本で小夜姫として定着したと思われるようすを見ると、金台俊ならずともはっと驚かされます。伝播された説話が、まるで生き物のように感じられます。しかし、当時は現代のような国際化した時代ではありません。各文化圏内でおそらく数百年以上にわたる、口承による受入れと、たえざる変容と、定着のいとなみがあったことでしょう。基本的なモチーフを残しながらも各文化圏の風土と気質にしっとりとなじんで、外国生まれとは思えないほどにお話が定着し記録されるまでに、何十代という世代もへていると思われます。

ところで、朝鮮の「沈晴歌」だけは、教えとしての仏教説話の制約をその後打ち破り、民衆の楽しみとしての演芸に育ったため、インドの「専童子」にない独特の特徴をもつことになりました。それは、供養米もないのに開眼を祈願するおっちょこちょいの父親、ペンドギに食い物にされながらもペンドギをつきはなせない、弱くて人間くさい父親といった、個性のある父親の創造や、盲人の大宴会の創出です。また、命にかえ米三百石という功徳を積んだにもかかわらず、沈奉事が開眼というご利益を授けられなかった大矛盾は、儒教上位・仏教下位時代の民衆演芸の楽しみのまえには、ほとんど問題にもされなかったようです。

ちなみに、韓国出身の世界的な作曲家尹伊桑《ユニサン》（一九一七—九五・ベルリン芸術大学教授）は、ミュンヘンオリンピック委員会の世界文化の統合という要請にこたえて、一九七二年大会のおりオペラ「シムチョン」を作曲しミュンヘンで公演しました。

参考文献

おもにつぎの文献を参照させていただきました。

金台俊『朝鮮小説史』安宇植訳注、東洋文庫二七〇、平凡社、一九七五年
申在孝『パンソリ』姜漢永・田中明訳注、東洋文庫四〇九、平凡社、一九八二年
上垣外憲一『ある明治人の朝鮮観――半井桃水と日朝関係』筑摩書房、一九九六年
徳田和夫編『お伽草子事典』東京堂出版、二〇〇二年

さし絵　朴　民宜

韓国古典文学の愉しみ 上
——春香伝 沈清伝

二〇一〇年 三月一〇日 印刷
二〇一〇年 三月三〇日 発行

訳者© 仲《なか》村《むら》 修《おさむ》
オリニ翻訳会
装丁 森デザイン室
発行者 及川直志
印刷所 株式会社 三陽社
発行所 株式会社 白水社
東京都千代田区神田小川町三の二四
電話 営業部〇三（三二九一）七八一一
編集部〇三（三二九一）七八二一
振替 〇〇一九〇-五-三三二二八
郵便番号 一〇一-〇〇五二
http://www.hakusuisha.co.jp
乱丁・落丁本は、送料小社負担にてお取り替えいたします。

松岳社 株式会社 青木製本所

ISBN978-4-560-08057-3

Printed in Japan

韓国古典文学の愉しみ

（上）春香伝　沈清伝
（下）洪吉童伝　両班伝　ほか

仲村修［編］　オリニ翻訳会［訳］

古典の物語を親しみやすい現代語訳で読む。上巻には凜として生きる女性が主人公の二作、下巻には義を求める一方で俗情に流される人間の普遍的な姿を描いた作品を収録。

韓国昔ばなし（上・下）

徐正五［再話］
仲村修［訳］　朴民宜［絵］

動物やトッケビや鬼神などが入り乱れる豊かな想像力の世界。おおらかな笑いと共に、人生の大切な教訓や強欲な支配層に対抗する民衆の智恵があふれる全百話。本邦初紹介の話も多数。

ポジャギ　韓国の包む文化

中島恵［著］

伝統的なパッチワークとしての色鮮やかな布。その歴史から現状、比較、制作方法、材料の産地まで、多方面から探求する。無名の女性たちが伝えてきた暮らしの中の小さな物の文化史。

ハングルの歴史

朴永濬／柴政坤／鄭珠里／崔炅鳳［著］
中西恭子［訳］

ハングルとは、どのようなものなのか？　前史から創製の過程、受難と受容、近代的正書法の確立など現在にいたるまで、この類い希な文字の歴史を謎を解くようにたどる。